你所热爱的，就是你的生活

丰子恺／等著

中国致公出版社

不是世界选择了你，

而是你选择了这个世界

目录 Contents

第一章
我们生而破碎，用活着来修修补补

“不完满才是人生”，这是一个“平凡的真理”。
但是真能了解其中的意义，对己对人都有好处。
对己，可以不烦不躁；
对人，可以宽容谅解。

002 渐 / 丰子恺

007 光阴 / 陆蠡

012 不完满才是人生 / 季羡林

015 又是一年芳草绿 / 老舍

020 囚绿记·序 / 陆蠡

023 “海阔天空”与“古今中外” / 朱自清

055 窗外的春光 / 庐隐

059 绿 / 李广田

061 乞丐和病者 / 陆蠡

066 死之默想 / 周作人

第二章

生活的诀窍，是不泯童心

人世是这么百怪千奇，
人命是这样他生未卜，
这个千载一时的看世界机会实在不容错过，
绝不可误解了天真意味。

072　糊涂一点，潇洒一点 / 季羡林

075　世故三昧 / 鲁迅

079　天真与经验 / 梁遇春

085　草原深处的剪花娘子 / 冯骥才

091　闹市闲民 / 汪曾祺

094　自己的园地 / 周作人

097　寂寞 / 陆蠡

102　生命与爱 / 靳以

105　鸟和树 / 靳以

第三章

忧伤，无非是低落的热情

走运时，要想到倒霉，不要得意过了头；
倒霉时，要想到走运，不必垂头丧气。
心态始终保持平衡，情绪始终保持稳定，
此亦长寿之道也。

110 从孩子得到的启示 / 丰子恺
114 走运与倒霉 / 季羡林
117 泪与笑 / 梁遇春
122 空信箱 / 冯骥才
125 雨的感想 / 周作人
130 春的欢悦与感伤 / 夏丏尊
132 灵感忽至 / 冯骥才
136 有钱最好 / 老舍
140 “春朝”一刻值千金 / 梁遇春
——懒惰汉的懒惰想头之一
146 吹牛的妙用 / 庐隐

第四章
家人闲坐，灯火可亲

太阳好的时候，
只要不刮风，那真和暖得不像冬天。
一家人都坐在庭间曝日，
甚至于吃午饭也在屋外，像夏天的晚饭一样。
日光晒到哪里，就把椅凳移到哪里。

150 山中避雨 / 丰子恺

153 夏天 / 汪曾祺

157 冬天 / 汪曾祺

161 白马湖之冬 / 夏丏尊

163 儿女 / 朱自清

172 回过头去 / 郑振铎
——献给上海的诸友

182 人间草木 / 汪曾祺

188 吃莲花的 / 老舍

190 苍蝇 / 周作人

194 市声拾趣 / 张恨水

第五章

最完美的状态，是从未放弃成长

愿中国青年都摆脱冷气，只是向上走，
不必听自暴自弃者之流的话。
能做事的做事，能发声的发声。
有一分热，发一分光，
就令萤火一般，也可以在黑暗里发一点光，
不必等候炬火。

198 生机 / 丰子恺

202 逼来的春天 / 冯骥才

207 跑警报 / 汪曾祺

217 热风·随感录四十一 / 鲁迅

220 途中 / 梁遇春

229 八十述怀 / 季羡林

234 窗 / 靳以

240 马蹄 / 李广田

242 萤 / 靳以

244 玫瑰的刺 / 庐隐

第一章

我们生而破碎，用活着来修修补补

“不完满才是人生”，这是一个“平凡的真理”。

但是真能了解其中的意义，对己对人都有好处。

对己，可以不烦不躁；

对人，可以宽容谅解。

渐 / 丰子恺

使人生圆滑进行的微妙的要素，莫如“渐”；造物主骗人的手段，也莫如“渐”。在不知不觉之中，天真烂漫的孩子“渐渐”变成野心勃勃的青年；慷慨豪侠的青年“渐渐”变成冷酷的成人；血气旺盛的成人“渐渐”变成顽固的老头子。因为其变更是渐进的，一年一年地、一月一月地、一日一日地、一时一时地、一分一分地、一秒一秒地渐进，犹如从斜度极缓的长远的山坡上走下来，使人不察其递降的痕迹，不见其各阶段的境界，而似乎觉得常在同样的地位，恒久不变，又无时不有生的意趣与价值，于是人生就被确实肯定，而圆滑进行了。假使人生的进行不像山坡而像风琴的键板，由 do 忽然移到 re，即如昨夜的孩子今朝忽然变成青年；或者像旋律的“接离进行”地由 do 忽然跳到 mi，即如朝为青年而夕暮忽成老人，人一定要惊讶、感慨、悲伤，或痛感人生的无常，而不乐为人了。故可知人生是由“渐”维持的。这在女人恐怕尤为必要：歌剧中，舞台上的如花的少女，就是将来火炉旁边的老婆子，这句话，骤听使人不能相信，少女也不肯承认，实则现在的老婆子都是由如花的少女“渐渐”变成的。

人之能堪受境遇的变衰，也全靠这“渐”的助力。巨富的纨绔子弟因屡次破产而“渐渐”荡尽其家产，变为贫者；贫者只得做佣工，佣工往往变为奴隶，奴隶容易变为无赖，无赖与乞丐相去甚近，乞丐不妨做偷儿……这样的例，在小说中，在实际上，均多得很。因为其变衰是延长为十年二十年而一步一步地“渐渐”地达到的，在本人不感到什么强烈的刺激。故虽到了饥寒病苦刑笞交迫的地步，仍是熙熙然贪恋着目前的生的欢喜。假如一位千金之子忽然变了乞丐或偷儿，这人一定愤不欲生了。

这真是大自然的神秘的原则，造物主的微妙的功夫！阴阳潜移，春秋代序，以及物类的衰荣生杀，无不暗合于这法则。由萌芽的春“渐渐”变成绿荫的夏，由凋零的秋“渐渐”变成枯寂的冬。我们虽已经历数十寒暑，但在围炉拥衾的冬夜仍是难于想象饮冰挥扇的夏日的心情；反之亦然。然而由冬一天一天地、一时一时地、一分一分地、一秒一秒地移向夏，由夏一天一天地、一时一时地、一分一分地、一秒一秒地移向冬，其间实在没有显著的痕迹可寻。昼夜也是如此：傍晚坐在窗下看书，书页上“渐渐”地黑起来，倘不断地看下去（目力能因了光的渐弱而渐渐加强），几乎永远可以认识书页上的字迹，即不觉昼之已变为夜。黎明凭窗，不瞬目地注视东天，也不辨自夜向昼的推移的痕迹。儿女渐渐长大起来，在朝夕相见的父母全不觉得，难得见面的远亲就相见不相识了。往年除夕，我们曾在红蜡烛底下守候水仙花的开放，真是痴态！倘水仙花果真当面开放给我们看，便是大自然的原则的破坏，宇宙的根本的摇动，世界人类的末日临到了！

“渐”的作用，就是用每步相差极微极缓的方法来隐蔽时间的过去与事物的变迁的痕迹，使人误认其为恒久不变。这真是造物主骗人的一大诡计！这有一件比喻的故事：某农夫每天朝晨抱了犊而跳过一沟，到田里去工作，夕暮又抱了它跳过沟回家。每日如此，未尝间断。过了一年，犊已渐大，渐重，差不多变成大牛，但农夫全不觉得，仍是抱了它跳沟。有一天他因事停止工作，次日再就不能抱了这牛而跳沟了。造物的骗人，使人流连于其每日每时的生的欢喜而不觉其变迁与辛苦，就是用这个方法的。人们每日在抱了日重一日的牛而跳沟，不准停止。自己误以为是不变的，其实每日在增加其苦劳！

我觉得时辰钟是人生的最好的象征了。时辰钟的针，平常一看总觉得是“不动”的；其实人造物中最常动的无过于时辰钟的针了。日常生活中的人生也如此，刻刻觉得我是我，似乎这“我”永远不变，实则与时辰钟的针一样的无常！一息尚存，总觉得我仍是我，我没有变，还是流连着我的生，可怜受尽“渐”的欺骗！

“渐”的本质是“时间”。时间我觉得比空间更为不可思议，犹之时间艺术的音乐比空间艺术的绘画更为神秘。因为空间姑且不追究它如何广大或无限，我们总可以把握其一端，认定其一点。时间则全然无从把握，不可挽留，只有过去与未来在渺茫之中不绝地相追逐而已。性质上既已渺茫不可思议，分量上在人生也似乎太多。因为一般人对于时间的悟性，似乎只够支配搭船乘车的短时间；对于百年的长期间的寿命，他们不能胜任，往往迷于局部而不能顾及全体。试看乘火车的旅客中，常有明达的人，有的宁牺牲暂时的安乐而让其座位于老弱者，以求心的太平（或博暂时的美誉）；有的见众人争先下车，而退在后面，或高呼“勿要轧，总有得下去的！”“大家都要下去的！”然而在乘“社会”或“世界”的大火车的“人生”的长期的旅客中，就少有这样的明达之人。所以我觉得百年的寿命，定得太长。像现在的世界上的人，倘定他们搭船乘车的期间的寿命，也许在人类社会上可减少许多凶险残惨的争斗，而与火车中一样的谦让，和平，也未可知。

然人类中也有几个能胜任百年的或千古的寿命的人。那是“大人格”“大人生”。他们能不为“渐”所迷，不为造物所欺，而收缩无限的时间并空间于方寸的心中。故佛家能纳须弥于芥子。中国古诗人（白居易）说：“蜗牛角上争何事？石火光中寄此身。”英国诗人（Blake）也说：“一粒沙里见世界，一朵花里见天国；手掌里盛住无限，一刹那便是永劫。”

一九二五年

光阴 / 陆蠡

我曾经想过，如若人们开始爱惜光阴，那么他的生命的积储是有一部分耗蚀的了。年轻人往往不知珍惜光阴。犹如拥资巨万的富家子，他可以任意挥霍他的钱财，等到黄金垂尽便吝啬起来，而懊悔从前的浪费了。

我平素不大喜爱表和钟这一类东西。它金属的利齿窸窸窣窣地将光阴啮食，而金属的手表滴滴答答地将时间一分一秒地数给我。当我还有丰余的生命留在后面，在时光的账页上我还有可观的储存，我会像一个守财奴，斤斤计较寸金和寸阴的市价么？偶然我抬头望到壁上的日历，那种红字和黑字相间的纸页把光阴划分成今天和明天。谁说动物中人是最聪明的？他们把连续的时间分成均匀的章节，费许多精神去较量它们的短长。最初他们用粗拙的工具刻划在树皮上代表昼夜，现在的人们则将日子印在没有重量的纸条上，每逢揭下一张来，便不禁想：“啊！又过了一天！”

怎样我会起了这些古怪的念头呢？是最近的一个秋日的傍晚，我在近郊散步，我迎着苍黄的落日走过去，复背着它的光辉走回来，足踩着自己的影子。“我是牵着我的思想在散步，”我对自己说。“我是蹑踪着我的影子，看我赶不赶得过它？”我一面走一面自语。“我在看我自己影子的生长，看它愈长愈快，愈快愈长。” 我独语。总之，我是在散步罢了。我携着我的思想一同散步。它是羞怯得畏见阳光，老躲在我的影子里。使得我和它谈话，不得不偏过头去，伛偻着身子，正如一个高大的男子低头和身边的女子说话，是那么轻声地，絮絮地。

我们走着走着，不知从哪里来的一枚树叶，飘坠在我们的脚前。那样轻，怕跌碎的样子。要不是四周是那么静寂，我准不会注意。但我注意到了，我捡了起来。我试想分辨它是什么树叶？梧桐的，枫槭的，还是樗栎的？但我恍若看到这不是一张树叶，分明是一张日历，一张被不可见的手扯下来的日历。这上面写着的是一个无形的字：“秋”。

“秋。”我微喟一声。

“秋，秋，”我的思想躲在我的影子里和答我。

我感到有点迟暮了。好像这个字代表一段逝去的光阴。

“逝去的光阴。”我的思想如刁钻的精灵，摸着了我的心思。

“光……阴。”这两个平声的没有低昂的字眼，在我的耳边震响。

光阴要逝去么？却借落叶通知我。我岂不曾拥有过大量的光阴，这年轻人唯一的财产，一如富贾之子拥有巨资。我曾是光阴富有者。同时我也想起了两个惜阴的人。

正是这样秋暖的日子，在很早很早以前。家门前的禾场上排列着一行行的谷簟，在阳光下曝晒着田里新收割来的谷粒。芙蓉花盛开着。我坐在它的荫下，坐在一只竹箩里面，——我的身子还装不满一竹箩——我玩着谷堆里捉来的蚱蜢、螳螂和甲虫，我玩着玩着，无意识地玩去我的光阴。祖父是爱惜光阴的。他匆匆出去，匆匆回来，复匆匆出去，不肯有一刻休息。但是他珍惜也没有用，他仅有不多的光阴。等到他在一个悄然的夜晚，撇下我们而去时，我还不懂他为什么要离开我们，原来他把光阴用尽了。

还是在不多年以前，父亲写信给我说："你现在长大了，应该知道光阴的可贵。听说你在学校里专爱玩，功课也不用功……"父亲也珍惜起光阴来了。大概他开始忧光阴之穷匮，遂于无意之中把忧心吐露给我。在当时我是不能领会的。我仍是嫌光阴过得太慢。"今天是星期一呢！"便要发愁。"什么时候是圣诞节呢？"虽则我并不喜欢这异邦的节日。"怎样还不放假呢？"我在打算怎样过那些佳美的日子。光阴是推移得太慢了，像跛脚的鸭子。于是我用欢笑去噪逐它，把它赶得快些。正如执棰的孩子驱着鸭群，唿哨起快活的声音促紧不善于行的水禽的脚步，我曾用欢笑驱赶我的光阴。

“你曾用欢笑驱赶你的光阴。”我的思想像“回声”的化身，复述我的话。

但是很久不那么做了。竟有一次我坐在房里整半天不出去。我伏在案前，目视着阳光从桌面的一端移到另一端。我用一根尺，一只表，来计算阳光的足在我的桌面移动的速度，我观察了计算了好久。蓦然有一种感触浮起在我的胸际，我为什么干这玩意儿呢？我看见了多少次阳光从我的桌面爬过？我有多少次看见阳光从我的窗口探入，复悄悄地退出。我惯用双手交握成各种样式，遮断它的光线，把影子投在粉壁上，做出种种动物的形状，如一头羊，一只螃蟹，一只兔；或则喝一口水，朝阳光喷去，令微细的水滴把光线散成彩虹的颜色。何时使我的心变成沉重，像吝啬的老人计数他的金钱，我也在计算光阴的速度呢？我曾讥笑惜阴人之不智，终也让别人来讥笑自身么？

“你也在计算光阴的速度了。”我的思想像喜灾乐祸似的，揶揄我。

真的，我在计算光阴的速度了。我想到光阴速度的相对性，得到这样的结论：感觉上的光阴的速度是年龄的函数。我试在一张白纸上列出如下的方程式：“光阴的速度等于年龄的正切的微分。”当年龄从零岁开始，进入无知的童年，感觉上的光阴速度是极微渺的。等到年龄的角度随岁月转过了半个象限（我暂将不满百的人生比作一个象限，半个象限是四十五岁了），正切线的变化便非常迅速。光阴流逝的感觉便有似白驹，似飞矢，瞬息千里了。我想了又想，渐渐陷入了一个不能自拔的思索的阱里。想到我自己在人生的象限上转过了几度呢？犹如作茧自缚，我自己衍出方程式而复把自己嵌在这式子里面，我悲哀了。

“你自己衍出方程式而复把自己嵌在里面。”思想嘤然回答，已无尖酸的口吻。

但是我无法改正这方程式，这差不多是正确的。在我的智识范围内不能发现它的错误。啊，悲哀的来源，我想把这公式从我的脑筋中擦去，已是不可能。正如我刚才捡起来的树叶，无法把它装回原来的枝上。我重新谛视这片叶，上面仍依稀显现着无形的字：“秋”。

另一天，从另一枝柯上，会有不可见的手扯下另一片树叶——是一张日历——那上面写的应该是另一个字，“冬”！

“冬。”我的思想似乎失去了回答的气力。

“秋，……冬。”又是两个没有低昂的平声的字眼，像一滴凉水滴进我的心胸，使我有点寒意。我不能再散步了，我携着我的思想走回家，正如那西洋妇人携着她的狗，施施归去。此后我就想起：如若人们开始爱惜光阴，那么他的生命的积储是有一部分耗蚀的了。

不完满才是人生 / 季羡林

每个人都争取一个完满的人生。然而，自古及今，海内海外，一个百分之百完满的人生是没有的。所以我说，不完满才是人生。

关于这一点，古今的民间谚语、文人诗句，说到的很多很多。最常见的比如苏东坡的词：“人有悲欢离合，月有阴晴圆缺，此事古难全。”南宋方岳（根据吴小如先生考证）诗句：“不如意事常八九，可与人言无二三。”这都是我们时常引用的、脍炙人口的。类似的例子还能够举出成百上千个。

这种说法适用于一切人，旧社会的皇帝老爷子也包括在里面。他们君临天下，“率土之滨，莫非王臣”，可以为所欲为，杀人灭族，小事一端，按理说，他们不应该有什么不如意的事。然而，实际上，王位继承，宫廷斗争，比民间残酷万倍。他们威仪俨然地坐在宝座上，如坐针毡。虽然捏造了“龙御上宾”这种神话，他们自己也并不相信。他们想方设法以求得长生不老，他们最怕“一旦魂断，宫车晚出”。连英主如汉武帝、唐太宗之辈也不能“免俗”。汉武帝造承露金盘，妄想饮仙露以长生，唐太宗服印度婆罗门的灵药，期望借此以不死。结果，事与愿违，仍然是“龙御上宾”，呜呼哀哉了。

在这些皇帝手下的大臣们，“一人之下，万人之上”，权力极大，骄纵恣肆，贪赃枉法，无所不至。在这一类人中，好人大概极少，否则包公和海瑞等绝不会流芳千古、久垂宇宙了。可这些人到了皇帝跟前，只是一个奴才，常言道：伴君如伴虎。可见他们的日子并不好过。据说明朝的大臣上朝时在笏板上夹带一点鹤顶红，一旦皇恩浩荡，钦赐极刑，连忙用舌尖舔一点鹤顶红，立即涅槃，落得一个全尸。可见这一批人的日子也并不好过，谈不上什么完满的人生。

至于我辈平头老百姓，日子就更难过了。早晨在早市上被小贩“宰”了一刀；在公共汽车上被扒手割了包；踩了人一下，或者被人踩了一下，根本不会说“对不起”了，代之以对骂，或者甚至演出全武行；到了商店，难免买到假冒伪劣的商品，又得生一肚子气。谁能说，我们的人生多是完满的呢？

再说到我们这一批手无缚鸡之力的知识分子，在历史上一生中就难得过上几天好日子。只一个“考”字，就能让你谈“考”色变。“考”者，考试也。在旧社会科举时代，“千军万马独木桥”，要上进，只有科举一途，你只需读一读吴敬梓的《儒林外史》，就能淋漓尽致地了解到科举的情况。以周进和范进为代表的那一批举人进士，其窘态难道还不能让你胆战心惊、啼笑皆非吗？

现在我们运气好，得生于新社会中。然而那一个“考”字，宛如如来佛的手掌，你别想逃脱得了。幼儿园升小学，考；小学升初中，考；初中升高中，考；高中升大学，考；大学毕业想当硕士，考；硕士想当博士，考。考，考，考，变成烤，烤，烤；一直到知命之年，厄运仍然难免，现代知识分子落到这一张密而不漏的天网中，无所逃于天地之间，我们的人生还谈什么完满呢？

灾难并不限于知识分子，“人人有一本难念的经”，所以我说“不完满才是人生”。这是一个“平凡的真理”。但是真能了解其中的意义，对己对人都有好处。对己，可以不烦不躁；对人，可以宽容谅解。这会大大地有利于整个社会的安定团结。

又是一年芳草绿 / 老舍

悲观有一样好处，它能叫人把事情都看轻了一些。这个可也就是我的坏处，它不起劲，不积极。您看我挺爱笑不是？因为我悲观。悲观，所以我不能板起面孔，大喊：“孤——刘备！”我不能这样。一想到这样，我就要把自己笑毛咕了。看着别人吹胡子瞪眼睛，我从脊梁沟上发麻，非笑不可。我笑别人，因为我看不起自己。别人笑我，我觉得应该；说得天好，我不过是脸上平润一点的猴子。我笑别人，往往招人不愿意；不是别人的量小，而是不像我这样稀松，这样悲观。我打不起精神去积极地干，这是我的大毛病。可是我不懒，凡是我该做的我总想把它做了，总算得点报酬养活自己与家里的人——往好了说，尽我的本分。我的悲观还没到想自杀的程度，不能不找点事做。有朝一日非死不可呢，那只好死喽，我有什么法儿呢？

这样，你瞧，我是无大志的人。我不想当皇上。最乐观的人才敢做皇上，我没这份胆气。

有人说我很幽默，不敢当。我不懂什么是幽默。假如一定问我，我只能说我觉得自己可笑，别人也可笑；我不比别人高，别人也不比我高。谁都有缺欠，谁都有可笑的地方。我跟谁都说得来，可是他得愿意跟我说；他一定说他是圣人，叫我三跪九叩报门而进，我没这个瘾。我不教训别人，也不听别人的教训。幽默，据我这么想，不是嬉皮笑脸，死不要鼻子。

也不是怎股子劲儿，我成了个写家。我的朋友德成粮店的写账先生也是写家，我跟他同等，并且管他叫二哥。既是个写家，当然得写了。“风格即人”——还是“风格即驴”？——我是怎个人自然写怎样的文章了。于是有人管我叫幽默的写家。我不以这为荣，也不以这为辱。我写我的。卖得出去呢，多得个三块五块的，买什么吃不香呢。卖不出去呢，拉倒，我早知道指着写文章吃饭是不易的事。

稿子寄出去，有时候是肉包子打狗，一去不回头；连个回信也没有。这，咱只好幽默；多咱见着那个骗子再说，见着他，大概我们俩总有一个笑着去见阎王的，不过，这是不很多见的，要不怎么我还没想自杀呢。常见的事是这个，稿子登出去，酬金就睡着了，睡得还是挺香甜。直到我也睡着了，它忽然来了，仿佛故意吓人玩。数目也惊人，它能使我觉得自己不过值一毛五一斤，比猪肉还便宜呢。这个咱也不说什么，国难期间，大家都得受点苦，人家开铺子的也不容易，掌柜的吃肉，给咱点汤喝，就得念佛。是的，我是不能当皇上，焚书坑掌柜的，咱没那个狠心，你看这个劲儿！不过，有人想坑他们呢，我也不便拦着。

这么一来，可就有许多人看不起我。连好朋友都说："伙计，你也硬正着点，说你是为人类而写作，说你是中国的高尔基；你太泄气了！"真的，我是泄气，我看高尔基的胡子可笑。他老人家那股子自卖自夸的劲儿，打死我也学不来。人类要等着我写文章才变体面了，那恐怕太晚了吧？我老觉得文学是有用的；拉长了说，它比任何东西都有用，都高明。可是往眼前说，它不如一尊高射炮，或一锅饭有用。我不能吆喝我的作品是"人类改造丸"，我也不相信把文学杀死便天下太平。我写就是了。

别人的批评呢？批评是有益处的。我爱批评，它多少给我点益处；即使完全不对，不是还让我笑一笑吗？自己写的时候仿佛是蒸馒头呢，热气腾腾，莫名其妙。及至冷眼人一看，一定看出许多错儿来。我感谢这种指摘。说的不对呢，那是他的错儿，不干我的事。我永不驳辩，这似乎是胆儿小；可是也许是我的宽宏大量。我不便往自己脸上贴金。一件事总得由两面瞧，是不是？

对于我自己的作品，我不拿它们当作宝贝。是呀，当写作的时候，我是卖了力气，我想往好了写。可是一个人的天才与经验是有限的，谁也不敢保了老写得好，连荷马也有打盹的时候。有的人呢，每一拿笔便想到自己是但丁，是莎士比亚。这没有什么不可以的，天才须有自信的心。我可不敢这样，我的悲观使我看轻自己。我常想客观地估量估量自己的才力；这不易做到，我究竟不能像别人看我看得那样清楚；好吧，既不能十分看清楚了自己，也就不用装蒜，谦虚是必要的，可是装蒜也大可以不必。

对做人，我也是这样。我不希望自己是个完人，也不故意地招人家的骂。该求朋友的呢，就求；该给朋友做的呢，就做。做得好不好，咱们大家凭良心。所以我很和气，见着谁都能扯一套。可是，初次见面的人，我可是不大爱说话；特别是见着女人，我简直张不开口，我怕说错了话。在家里，我倒不十分怕太太，可是对别的女人老觉着恐慌，我不大明白妇女的心理；要是信口开河地说，我不定说出什么来呢，而妇女又爱挑眼。男人也有许多爱挑眼的，所以初次见面，我不大愿开口。我最喜辩论，因为红着脖子粗着筋的太不幽默。我最不喜欢好吹腾的人，可并不拒绝与这样的人谈话；我不爱这样的人，但喜欢听他的吹。最好是听着他吹，吹着吹着连他自己也忘了吹到什么地方去，那才有趣。

可喜的是有好几位生朋友都这么说："没见着阁下的时候，总以为阁下有八十多岁了。敢情阁下并不老。"是的，虽然将奔四十的人，我倒还不老。因为对事轻淡，我心中不大藏着计划，做事也无须要手段，所以我能笑，爱笑；天真的笑多少显着年轻一些。我悲观，但是不愿老声老气地悲观，那近乎“虎事”。我愿意老年轻轻的，死的时候像朵春花将残似的那样哀而不伤。我就怕什么“权威”咧，“大家”咧，“大师”咧，等等老气横秋的字眼们。我爱小孩，花草，小猫，小狗，小鱼；这些都不“虎事”。偶尔看见个穿小马褂的“小大人”，我能难受半天，特别是那种所谓聪明的孩子，让我难过。比如说，一群小孩都在那儿看变戏法儿，我也在那儿，单会有那么一两个七八岁的小老头说：“这都是假的！”这叫我立刻走开，心里堵上一大块。世界确是更“文明”了，小孩也懂事懂得早了，可是我还愿意大家傻一点，特别是小孩。假若小猫刚生下来就会捕鼠，我就不再养猫，虽然它也许是个神猫。

我不大爱说自己，这多少近乎“吹”。人是不容易看清楚自己的。不过，刚过完了年，心中还慌着，叫我写“人生于世”，实在写不出，所以就近地拿自己当材料。万一将来我不得已而做了皇上呢，这篇东西也许成为史料，等着瞧吧。

囚绿记·序 / 陆蠡

我羡慕两种人。

一种赋有丰盛的想象，充沛的热情，敏锐的感觉，率真的天性。他们往往是理想者，预言者，白昼梦者。他们游息于美丽的幻境中，他们生活在理想之国里。他们有无穷尽的明日和春天。他们是幸福的。

另一种具有冷静的思维，不移的理智，明察的分析，坚强的意志。他们往往是实行者，工作者，实事求是的人。他们垦辟自己的园地，他们的生活从不离开现实。他们有无止境的乐趣和成就。他们是幸福的。

前者是诗人的性格，后者是科学家的典型。

前者是感情的师傅，后者是理智的主人。

我羡慕这两种性格。

反观我自己？

两者都不接近。

我是感情的奴役，也是理智的仆隶。

我没有达到感情和理智的谐和，却身受二者的冲突；我没有得到感情和理智的匡扶，而受着它们的轧轹；我没有求得感情和理智的平衡，而得到这两者的轩轾。我如同一个楔子，嵌在感情和理智的中间，受双方的挤压。我欢喜幻想，我爱做梦，而我未失去动物的本能，我不能扮演糊涂，假作惺忪。我爱松弛灵魂的约束，让它遨游空际，而我肉身生根在地上，足底觉触到地土的坚实。我构设许多崇高的理想，却不能游说自己，使之信服；我描拟许多美丽的计划，仍不能劝诱自己，安排自己。我和我自己为难。我不愿自己任情，又不能使之冷静；我想学习聪明，结果是弄巧反拙。我弃去我所喜悦的我所宝贵的，而保留住我所应当忘去的应当屏除的；我有时接受理智的劝告，有时又听从感情的怂恿；理智不能逼感情让步，感情不能使理智低头。这矛盾和轇轕，把我苦了。

啊！我是一个不幸的卖艺者。当命运的意志命我双手擎住一端是理智一端是感情的沙袋担子，强我缘走窄小的生命的绳索，我是多么战兢啊！为了不使自己倾跌，我竭力保持两端的平衡。在每次失去平衡的时候便移动脚步，取得一个新立足点，或则是每次移动脚步时，要重新求得一次平衡。

就是在这时刻变换的将失未失的平衡中，在这矛盾和轇轕中，我听到我内心抱怨的声音。有时我想把它记录下来，这心灵起伏的痕迹。我用文字的彩衣给它穿扮起来，犹如人们用美丽的衣服装扮一个灵魂；而从衣服上面并不能窥见灵魂，我借重文采的衣裳来逃避穿透我的评判者的锐利的眼睛。我永远是胆小的孩子，说出心事来总有几分羞怯。

这集子就是我的一些吞吐的内心的呼声。

“海阔天空”与“古今中外” / 朱自清

有一天，我和一位新同事闲谈。我偶然问道：“你第一次上课，讲些什么？”他笑着答我：“我古今中外了一点钟！”他这样说明事实，且示谦逊之意。我从来不曾想到“古今中外”一个兼词可以作动词用，并且可以加上“了”字表时间的过去；骤然听了，很觉新鲜，正如吃刚上市的广东蚕豆。隔了几日，我用同样的问题问另一位新同事。他却说道：“海阔天空！海阔天空！”我原晓得“海阔凭鱼跃，天空任鸟飞”的联语，——是在一位同学家的厅堂里常常看见的——但这样的用法，却又是第一次听到！我真高兴，得着两个新鲜的意思，让我对于生活的方法，能触类旁通地思索一回。

黄远生在《东方杂志》上曾写过一篇《国民之公毒》，说中国人思想笼统的弊病。他举小说里的例，文的必是琴棋书画无所不晓，武的必是十八般武艺件件精通！我想，他若举《野叟曝言》里的文素臣，《九尾龟》里的章秋谷，当更适宜，因为这两个都是文武全才！好一个文武“全”才！这“全”字儿竟成了“国民之公毒”！我们自古就有那“博学无所成名”的“大成至圣先师”，又有“一物不知，儒者之耻”的传统的教训，还有那“谈天雕龙”的邹衍之流，所以流风余韵，扇播至今；大家变本加厉，以为凡是大好老必“上知天文，下识地理”，而“中学为体，西学为用”便是这大好老的另一面。“笼统”固然是“全”，“沟通”“调和”也正是“全”呀！“全”来“全”去，“全”得乌烟瘴气，一塌糊涂！你瞧西洋人便聪明多了，他们悄悄地将“全知”“全能”送给上帝，决不想自居“全”名；所以处处“算账”，刀刀见血，一点儿不含糊！——他们不懂得那八面玲珑的劲儿！

但是王尔德也说过一句话，貌似我们的公毒而实非；他要“吃尽地球花园里的果子”！他要享乐，他要尽量地享乐！他什么都不管！可是他是“人”，不像文素臣、章秋谷辈是妖怪；他是呆子，不像沟通中西者流是滑头。总之，他是反传统的。他的话虽不免夸大，但不如中国传统思想之甚；因为只说地而不说天。况且他只是“要”而不是“能”，和文素臣辈又是有别；“要”在人情之中，“能”便出人情之外了！“全知”，“全能”，或者真只有上帝一个；但“全”的要求是谁都有权利的——有此要求，才成其为“人生”！——还有易卜生“全或无”的“全”，那却是一把锋利的钢刀；因为是另一方面的，不具论。

但王尔德的要求专属于感觉的世界，我总以为太单调了。人生如万花筒，因时地的殊异，变化不穷，我们要能多方面的了解，多方面的感受，多方面的参加，才有真趣可言；古人所谓“胸襟”“襟怀”“襟度”，略近乎此。但“多方面”只是概括的要求：究竟能有若干方面，却因人的才力而异——我们只希望多多益善而已！这与传统的“求全”不同，“便是暗中摸索，也可知道吧”。这种胸襟——用此二字所能有的最广义——若要具体地形容，我想最好不过是采用我那两位新同事所说的：“海阔天空”与“古今中外”！我将这两个兼词用在积极的意义上，或者更对得起它们些。——“古今中外”原是骂人的话，初见于《新青年》上，是钱玄同先生造作的。后来周作人先生有一篇杂感，却用它的积极的意义，大概是论知识上的宽容的；但这是两三年前的事了，我于那篇文的内容已模糊了。

法朗士在他的《灵魂之探险》里说：

人之永不能跳出己身以外，实一真理，而亦即吾人最大苦恼之一。苟能用一八方观察之苍蝇视线，观览宇宙，或能用一粗鲁而简单之猿猴的脑筋，领悟自然，虽仅一瞬，吾人何所惜而不为？乃于此而竟不能焉。……吾人被锢于一身之内，不啻被锢于永远监禁之中。

（据杨袁昌英女士译文，见《太平洋》四卷四号）

蔼理斯在他的《感想录》中《自己中心》一则里也说：

我们显然都从自己中心的观点去看宇宙，看重我们自己所演的角色。

（见《语丝》第十三期）

这两种“说数”，我们可总称为“我执”——却与佛法里的“我执”不同。一个人有他的身心，与众人各异；而身心所从来，又有遗传，时代，周围，教育，等等，尤其五花八门，千差万别。这些合而织成一个“我”，正如密密的魔术的网一样；虽是无形，而实在是清清楚楚，不易或竟不可逾越的界。于是好的劣的，乖的蠢的，村的俏的，长的短的，肥的瘦的，各有各的样儿，都来了，都来了。“把戏人人会变，各有巧妙不同”；正因各人变各人的把戏，才有了这大千世界呀。说到各人只会变自己的一套把戏，而且只自以为巧妙，自然有些“可怜而可气”；“谓天盖高”，“谓地盖厚”，区区的“我”，真是何等区区呢！但是——哎呀，且住！亏得尚有“巧妙不同”一句注脚，还可上下其手一番；这“不同”二字正是灵丹妙药，千万不可忽略过去！我们的“我执”，是由命运所决定，其实无法挽回；只有一层，“我”决不是由一架机器铸出来的，决不是从一副印板刷下来的，这其间有种种的不同，上文已约略又约略地拈出了——现在再要拈出一种不同：“我”之广狭是悬殊的！“我执”谁也免不了，也无须免得了，但所执有大有小，有深有浅，这其间却大有文章；所谓上下其手，正指此一关而言。

你想“顶天立地”是一套把戏，是一个“我”，“局天蹐地”，或说“局促如辕下驹”，如井底蛙，如磨坊里的驴子，也是一套把戏，也是一个“我”！这两者之间，相差有多少远呢？说得简截些，一是天，一是地；说得噜苏些，一是九霄，一是九渊；说得新鲜些，一是太阳，一是地球！世界上有些人读破万卷书，有些人游遍万里地，乃至达尔文之创进化说，恩斯坦之创相对原理；但也有些人伏处穷山僻壤，一生只关在家里，亲族邻里之外，不曾见过人，自己方言之外，不曾听过话——天球，地球，固然与他们无干，英国，德国，皇帝，总统，金镑，银洋，也与他们丝毫无涉！他们之所以异于磨坊的驴子者，真是“几希”！也只是蒙着眼，整天儿在屋里绕弯儿，日行千里，足不出户而已。你可以说，这两种人也只是一样，横直跳不出如来佛——“自己”——的掌心；他们都坐在“自己”的监里，盘算着“自己”的重要呢！是的，但你知道这两种人决不会一样！你我跳不出如来佛的掌心，孙悟空也跳不出他老人家的掌心；但你我能翻十万八千里的筋斗么？若说不能，这就不一样了！“不能”尽管“不能”，“不同”仍旧“不同”

呀。你想天地是怎样怎样的广大，怎样怎样的悠久！若用数字计算起来，只怕你画一整天的圈儿，也未必能将数目里所有的圈儿都画完哩！在这样的天地的全局里，地球已若一微尘，人更数不上了，只好算微尘之微尘吧！人是这样小，无怪乎只能在“自己”里绕圈儿。但是能知道“自己”的小，便是大了；最要紧是在小中求大！长子里的矮子到了矮子中，便是长子了，这便是小中之大。我们要做矮子中的长子，我们要尽其所能地扩大我们自己！我们还是变自己的把戏，但不仅自以为巧妙，还须自以为“比别人”巧妙；我们不但可在内地开一班小杂货铺，我们要到上海去开先施公司！

“我”有两方面，深的和广的。“自己中心”可说是深的一面；哲学家说的“自知（Knowest theyself）”，道德学家说的“自私”——“利己”，也都可算入这一面。如何使得我的身子好？如何使得我的脑子好？我懂得些什么？我喜爱些什么？我做出些什么？我要些什么？怎样得到我所要的？怎样使我成为他们之中一个最重要的角色？这一大串儿的疑问号，总可将深的“我”的面貌的轮廓说给你了；你再“自个儿”去内省一番，就有八九分数了。但你马上也就会发现，这深深的“我”并非独自个儿待着，它还有个亲亲儿的，热热儿的伴儿哩。它俩你搂着我，我搂着你；不知谁给它们缚上了两只脚！就像三足竞走一样，它俩这样永远地难解难分！你若要开玩笑，就说它俩“狼狈为奸”，它俩亦无法自辩的。——可又来！究竟这伴儿是谁呢？这就是那广的“我”呀！我不是说过么？知道世界之大，才知道自己之小！所以“自知”必先要“知他”。兵法有云：“知己知彼，百战百胜。”可以旁证此理。原来“我”即在世界中；世界是一张无大不大[①]的大网，“我”只是一个极微极微的结子；一发尚且会牵动全身，全网难道倒不能牵动一个细小的结子么？实际上，“我”是“极天下之赜”的！“自知”而不先“知他”，只是聚在方隅，老死不相往来的办法；只是“不可以语冰”的“夏虫”，井底蛙，磨坊里的驴子之流而已。能够“知他”，才真有“自知之明”；正如铁扇公主的扇子一样，要能放才能收呀。所知愈多，所接愈广；将“自己”散在天下，渗入事事物物之中看它的大小方圆，看它的轻重疏密，这才可以剖析毫芒地渐渐渐渐地认出“自己”的真面目呀。俗语说：“把你烧成了灰，我都认得你！”我们正要这样想：先将这个“我”一拳打碎了，碎得成了灰，然后随风飏举，或飘茵席之上，或堕溷厕之中[②]，或落在老鹰的背上，或跳在珊瑚树的梢上，或藏在爱人的鬓边，或沾在关云长的胡子里，……然后再收灰入掌，抟灰成形，自然便须眉毕现，光彩照人，不似初时“混沌初开”的情景了！所以深的“我”即在

① 这是一句土话，“极大”之意。
② 范缜语，用在此处，与他的原意不尽同。

广的“我”中，而无深的“我”，广的“我”亦无从立脚；这是不做矮子，也不吹牛的道地老实话，所谓有限的无穷也。

在有限中求无穷，便是我们所能有的自由。这或者是“野马以被骑乘的自由为更多”的自由，或者是“和猪有飞的自由一样”；但自由总和不自由不同，管他是白的，是黑的！说“猪有飞的自由”，在半世纪前，正和说“人有飞的自由”一样。但半世纪后的我们，已可见着自由飞着的人了，虽然还是要在飞机或飞艇里。你或者冷笑着说，有所待而然！有所待而然！至多仍旧是“被骑乘的自由”罢了！但这算什么呢？鸟也要靠翼翅的呀！况且还有将来呢，还有将来的将来呢！就如上文所引法朗士的话：“倘若我们能够一刹那间用了苍蝇的多面的眼睛去观察天地……”[①]目下诚然是做不到的，但竟有人去企图了！我曾见过一册日本文的书，——记得是《童谣·缀方》，卷首有一幅彩图，下面题着《苍蝇眼中的世界》（大意）。图中所有，极其光怪陆离；虽明知苍蝇眼中未必即是如此，而颇信其如此——自己仿佛飘飘然也成了一匹小小的苍蝇，陶醉在那奇异的世界中了！这样前去，谁能说法朗士的“倘若”永不会变成“果然”呢！——“语丝”拉得太长了，总而言之，统而言之，我们只是要变比别人巧妙的把戏，只是要到上海去开先

① 此处用周作人先生译文，见《自己的园地》181页。

施公司；这便是我们所能有的自由。“秀才不出门，能知天下事。”这种或者稍嫌旧式的了；那么，来个新的，“看世界面上”，我们来做个“世界民”吧——“世界民（Cosmopolitan）”者，据我的字典里说，是“无定居之人”，又有“弥漫全世界”“世界一家”等义；虽是极简单的解释，我想也就够用，恕不再翻那笨重的大字典了。

我“海阔天空”或“古今中外”了九张稿纸；尽绕着圈儿，你或者有些“头痛”吧？“只听楼板响，不见人下来！”你将疑心开宗明义第一节所说的“生活的方法”，我竟不曾“思索”过，只冤着你，“青山隐隐水迢迢”地逗着你玩儿！不！别着急，这就来了也。既说“海阔天空”与“古今中外”，又要说什么“方法”，实在有些儿像左手望外推，右手又赶着望里拉，岂不可笑！但古语说得好，“大丈夫能屈能伸”，我正可老着脸借此解嘲；况且一落言诠，总有边际，你又何苦斤斤较量呢？况且“方法”虽小，其中也未尝无大；这也是所谓“有限的无穷”也。说到“无穷”，真使我为难！方法也正是千头万绪，比“一部十七史”更难得多多；虽说“大处着眼，小处下手”，但究竟从何处下手，却着实费我踌躇！——有了！我且学着那李逵，从黑松林里跳了出来，挥动板斧，随手劈他一番便了！我就是这个主意！李逵绝非吴用；当然不足语于丝丝入扣的谨严的论理的！但我所说的方法，原非斗胆为大家开方案，只是将我所喜欢用的东西，献给大家看看而已。这只是我的“到自由之路”，自然只是从我的趣味中寻出来的；而在大宇长宙之中，无量数的“我”之内，区区的我，真是何等区区呢？而且我“本人”既在企图自己的放大，则他日之趣味，是否即今日之趣味，也殊未可知。所以此文也只是我姑妄言之，你姑妄听之；但倘若看了之后，能自己去思索一番，想出真个巧妙的方法，去做个“海阔天空”与“古今中外”的人，那时我虽觉着自己更是狭窄，非另打主意不可，然而总很高兴了；我将仰天大笑，到草帽从头上落下为止。

其实关于所谓“方法”，我已露过些口风了：“我们要能多方面的了解，多方面的感受，多方面的参加，才有真趣可言。”

我现在做着教书匠。我做了五年教书匠了，真个腻得慌！黑板总是那样黑，粉笔总是那样白，我总是那样的我！成天儿浑淘淘的，有时对于自己的活着，也会惊诧。我想我们这条生命原像一湾流水，可以随意变成种种的花样；现在却筑起了堰，截断它的流，使它怎能不变成浑淘淘呢？所以一个人老做一种职业，老只觉着是“一种”职业，那真是一条死路！说来可笑，我是常常在想改业的；正如未来派剧本说的“换个丈夫吧”[①]，

① 宋春舫译的《换个丈夫罢》，曾载《东方杂志》。

我也不时地提着自己，“换个行当吧！”我不想做官，但很想知道官是怎样做的。这不是一件容易事！《官场现形记》所形容的究竟太可笑了！况且现在又换了世界！《努力周刊》的记者在王内阁时代曾引汤尔和——当时的教育总长——的话：“你们所论的未尝无理；但我到政府里去看看，全不是那么一回事！”（大意）“全不是那么一回事！”可见不入虎穴，焉得虎子！我于是想做个秘书，去看看官到底是怎样做的？因秘书而想到文书科科员：我想一个人赚了大钱，成了资本家，不知究竟是怎样活着的？最要紧，他是怎样想的？我们只晓得他有汽车，有高大的洋房，有姨太太，那是不够的。——由资本家而至于小伙计，他们又怎样度他们的岁月？银行的行员尽爱买马票，当铺的朝奉尽爱在夏天打赤膊——其余的，其余的我便有些茫茫了！我们初到上海，总要到大世界去一回。但上海有个五光十色的商世界，我们怎可不去逛逛呢？我于是想做个什么公司里的文书科科员，尝些商味儿。上海不但有个商世界，还有个新闻世界。我又想做个新闻记者，可以多看些稀奇古怪的人，稀奇古怪的事。此外我想做的事还多！戴着龌龊的便帽，穿着蓝布衫裤的工人，拖着黄泥腿，衔着旱烟管的农人，扛着枪的军人，我都想做做他们的生活看。可是谈何容易；我不是上帝，究竟是没有把握的！这些都是非分的妄想，岂不和癞蛤蟆想吃天鹅肉一样！——话虽如此；“不问收获，只问耕耘”，也未尝不是一种解嘲的办法。况且退一万步讲，能够这样想想，也未尝没有淡淡的味儿，和“加力克”香烟一样的味儿。况且我们的上帝万一真个吝惜他的机会，我也想过了：我从今日今时起，努力要在“黑白生涯”中找寻些味儿，不像往日随随便便地上课下课，想来也是可以的！意大利 Amicis 的《爱的教育》里说有一位先生，在一个小学校里做了六十年的先生；年老退职之后，还时时追忆从前的事情：一闭了眼，就像有许多的孩子，许多的班级在眼前；偶然听到小孩的书声，便悲伤起来，说：“我已没有学校没有孩子了！”可见天下无难事，只怕有心人！但我一面羡慕这位可爱的先生，一面总还打不断那些妄想；我的心不是一条清静的荫道，而是十字街头呀！

我的妄想还可以减价；自己从不能做“诸色人等”，却可以结交“诸色人等”的朋友。从他们的生活里，我也可以分甘共苦，多领略些人味儿；虽然到底不如亲自出马的好。《爱的教育》里说：“只在一阶级中交际的人，恰和只读一册书籍的学生一样。”真是“有理呀有理”！现在的青年，都喜欢结识几个女朋友；一面固由于性的吸引，一面也正是要润泽这干枯而单调的生活。我的一位先生曾经和我们说：他有一位朋友，新从外国回到北京；待了一个多月，总觉有一件事使他心里不舒畅，却又说不出是什么事。后来有一天，不知怎样，竟被他发现了：原来北京的街上太缺乏女人！他觉得这样的生活，实在干燥无味！但单是女朋友，我觉得还是不够；我又常想结识些小孩子，做我的小朋友。有人说和孩子们做伴，和孩子们共同生活，会使自己也变成一个孩子，一个大孩子；所以小学教师是不容易老的。这话颇有趣，使我相信。我去年上半年和一位有着童心的朋友，曾约了附近一所小学校的学生，开过几回同乐会；大家说笑话，讲故事，拍七，吃糖果，看画片，都很高兴的。后来暑假期到了，他们还抄了我们的地址，说要和我们通信呢。不但学龄儿童可以做我的朋友，便是幼稚园里的也可以的，而且更加有趣哩。且请看这一段：

终于，母亲逃出了庭间了。小孩们追到栏栅旁，脸挡住了栅缝，把小手伸出，纷纷地递出面包呀，苹果片呀，牛油块等东西来。一齐叫说："再会，再会！明天再来，再请过来！"

（见《爱的教育》译本第七卷内《幼儿院》中）

倘若我有这样的小朋友，我情愿天天去呀！此外，农人，工人，也要相与些才好。我现在住在乡下，常和邻近的农人谈天，又曾和他们喝过酒，觉得另有些趣味。我又晓得在北京，上海的我的朋友的朋友，每天总找几个工人去谈天；我且不管他们谈的什么，只觉每天换几个人谈谈，是很使人新鲜的。若再能交结几个外国朋友，那是更别致了。从前上海中华世界语学会教人学世界语，说可以和各国人通信；后来有人非议他们，说世界语的价值岂就是如此的！非议诚然不错。但与各国人通信，到底是一件有趣的事呀！——还有一件，自己的妻和子女，若在别一方面作为朋友看时，也可得着新的启示的。不信么？试试看！

若你以为阶级的障壁不容易打破，人心的隔膜不容易揭开；你于是皱着眉，咂着嘴，说："要这样地交朋友，真是千难万难！"是的；但是——你太小看自己了，那里就这样地不济事！也罢，我还有一套便宜些的变给你瞧瞧；这就叫作"知人"呀。交不着朋友是没法的，但晓得些别人的"闲事"，总可以的；只须不尽着去自扫门前雪，而能多管些一般人所谓"闲事"，就行了。我所谓"多管闲事"，其实只是"参加"的别名。譬如前次上海日本纱厂工人大罢工，我以为是要去参加的；或者帮助他们，或者只看看那激昂的实况，都无不可。总之，多少知道了他们，使自己与他们间多少有了关系，这就得了。又如我的学生和报馆打官司，我便要到法庭里去听审；这样就可知道法官和被告是怎样的人了。又如吴稚晖先生，我本不认识的；但听过他的讲演，读过他的书，我便能约略晓得他了。——读书真是巧算盘！不但可以知今人，且可以知古人；不但可以知中国人，且可以知洋人。同样的巧算盘便是看报！看报可以遇着许多新鲜的问题，引起新鲜的思索。譬如孙中山先生若死在"段执政”自己夸诩的“革命”之前，曹锟当国的时候，一班大人，老爷，绅士乃至平民，会不会（姑不说“敢不敢”）这样“热诚地”追悼呢？黄色的班禅在京在沪，为什么也会受着那样“热诚的”欢迎呢？英国退还庚子赔款，始而说“用于教育的目的”，继而说“用于相互有益之目的”，——于是有该国的各工业联合会建议，痛斥中国教育之无效，主张用此款筑路——继而又说用于中等教育；真令人目迷五色，到底他们什么葫芦里卖什么药呢？德国新总统为什么会举出兴登堡将军，后事又如何呢？还有，“一夫多妻的新护符”和“新性道德”究竟是一是二呢？欧阳予倩的《回家以后》，到底是不是提倡东方道德呢？——这一大篇账都是从报上“过”过来的，毫不稀奇；但可以证明，看报的确是最便宜的办法，可以知道许多许多的把戏。

旅行也是刷新自己的一帖清凉剂。我曾做过一个设计：四川有三峡的幽峭，有栈道的蜿蜒，有峨嵋的雄伟，我是最向慕的！广东我也想去得长久了。乘了香港的上山电车，可以“上天”[①]；而广州的市政，长堤，珠江的繁华，也使我心痒痒的！由此而北，蒙古的风沙，的牛羊，的天幕，又在招邀着我！至于红墙黄土的北平，六朝烟水气的南京，先施公司的上海，我总算领略过了。这样游了中国以后，便跨出国门：到日本看她

① 刘半农《登香港太平山》诗中述他的“稚儿”的话：“今日啊爹，携我上天。”见《新青年》八卷二号。

的樱花，看她的富士；到俄国看列宁的墓，看第三国际的开会；到德国访康德的故居，听《月光曲》的演奏；到美国瞻仰巍巍的自由神和世界第一的大望远镜。再到南美洲去看看那莽莽的大平原，到南非洲去看看那茫茫的大沙漠，到南洋群岛去看看那郁郁的大森林——于是浩然归国；若有机缘，再到北极去探一回险，看看冰天雪海，到底如何，那更妙了！梁绍文说得有理：

我们不赞成别人整世的关在一个地方而不出来和世界别一部分相接触，倘若如此，简直将数万里的地球缩小到数英里，关在那数英里的圈子内就算过了一生，这未免太不值得！所以我们主张：能够遍游全世界，将世界上的事事物物都放在脑筋里的炽炉中锻炼一过，然后才能成为一种正确的经验，才算有世界的眼光。

（《南洋旅行漫记》上册 253 页）

但在一钱不名的穷措大如我辈者，这种设计恐终于只是“过屠门而大嚼”而已；又怎样办呢？我说正可学胡、梁二先生开国学书目的办法，不妨随时酌量核减；只看能力如何。便是真个不名一钱，也非全无法想。听说日本的谁，因无钱旅行，便在室中绕着圈儿，口里只是叫着“某站到啦”“某埠到啦”；这样也便过了瘾。这正和孩子们搀瞎子一样：一个蒙了眼做瞎子，一个在前面用竹棒引着他，在室中绕行；这引路的尽喊着到某处啦，到某处啦的口号，彼此便都满足。正是“精神一到，何事不成”！这种人却绝非磨坊里的驴子；他们的足虽不出户，他们的心尽会日行千里的！

说到心的旅行，我想到《文心雕龙·神思篇》说的：

古人云：“形在江海之上，心存魏阙之下。”[①] 神思之谓也。……故寂然凝虑，思接千载；悄然动容，视通万里……

罗素论“哲学的价值”，也说：

保存宇宙内的思辨（玄想）之兴趣，……总是哲学事业的一部。

或者它的最要之价值，就是它所潜思的对象之伟大，结果，便解脱了偏狭的和个人的目的。

哲学的生活是幽静的，自由的。

本能利益的私世界是一个小的世界，搁在一个大而有力的世界中间，迟早必把我们私的世界，磨成粉碎。

我们若不扩大自己的利益，汇涵那外面的整个世界，就好

---

①见《庄子》。

像一个兵卒困在炮台里边，知道敌人不准逃跑，投降是不可避免的一样。

哲学的潜思就是逃脱的一种法门。

（摘抄黄凌霜译《哲学问题》第十五章）

所谓神思，所谓玄想之兴味，所谓潜思，我以为只是三位一体，只是大规模的心的旅行。心的旅行决不以现有的地球为限！到火星去的不是很多么？到太阳去的不也有么？到太阳系外，和我们隔着三十万光年的星上去的不也有么？这三十万光年，是美国南加州威尔逊山绝顶上，口径百英寸之最大反射望远镜所能观测的世界之最远距离。“换言之，现在吾人一目之下所望见之世界，不仅现在之世界而已，三十余万年之大过去以来，所有年代均同时见之。历史家尝谓吾人由书籍而知过去，直忘却吾人能直接而见过去耳。”[①] 吾人固然能直接而见过去，由书籍而见过去，还能由岩石地层等而见过去，由骨殖化石等而见过去。目下我们所能见的过去，真是悠久，真是伟大！将现在和它相比，真是大海里一根针而已！姑举一例：德国的谁假定地球的历史为二十四点钟，而人类有历史的时期仅为十分钟；人类有历史已五千年了，一千年只等于两分钟而已！一百

①《最近物理学概观》，第 44—45 页。

年只等于十二秒钟而已！十年只等于一又十分之二秒而已！这还是就区区的地球而论呢。若和全宇宙的历史（人能知道么？）相较量，那简直是不配！又怎样办呢？但毫不要紧！心尽可以旅行到未曾凝结的星云里，到大爬虫的中生代，到类人猿的脑筋里；心究竟是有些儿自由的。不过旅行要有向导；我觉《最近物理学概观》《科学大纲》《古生物学》《人的研究》等书都很能胜任的。

心的旅行又不以表面的物质世界为限！它用实实在在的一支钢笔，在实实在在的白瑞典纸簿上一张张写着日记；它马上就能看出钢笔与白纸只是若干若干的微点，叫作电子的——各电子间有许多的空隙，比各电子的总积还大。这正像一张“有结而无线的网”[①]，只是这么空空的；其实说不上什么“一支”与“一张张”的！这么看时，心便旅行到物质的内院，电子的世界了。而老的物质世界只有三根台柱子（三次元），现在新的却添上了一根（四次元）；心也要去逛逛的。心的旅行并且不以物质世界为限！精神世界是它的老家，不用说是常常光顾的。意识的河流里，它是常常驶着一只小船的。但这个年头儿，世界是越过越多了。用了坐标轴作地基，竖起方程式的柱子，架上方程式的梁，盖上几何形体的瓦，围上几何形体的墙，这

① 见罗素 A.B.C.of Atoms，P.l。

是数学的世界。将各种“性质的共相”（如“白”“头”等概念）分门别类地陈列在一个极大的弯弯曲曲，层层叠叠的场上；在它们之间，再点缀着各种“关系的共相”（如“大”“类似”“等于”等概念）。这是论理的世界。将善人善事的模型和恶人恶事的分门别类陈列着的，是道德的世界。但所谓“模型”，却和城隍庙所塑“二十四孝”的像与十王殿的像绝不相同。模型又称规范，如“正义”“仁爱”“奸邪”等是——只是善恶的度量衡也；道德世界里，全摆着大大小小的这种度量衡。还是艺术的世界，东边是音乐的旋律，西边是跳舞的曲线，南边是绘画的形色，北边是诗歌的情韵。——心若是好奇的，它必像唐三藏经过三十六国[①]一样，一一经过这些国土的。

更进一步说，心的旅行也不以存在的世界为限！上帝的乐园，它是要去的；阎罗的十殿，它也是要去的。爱神的弓箭，它是要看看的；孙行者的金箍棒，它也要看看的。总之，神话的世界，它要穿上梦的鞋去走一趟。它从神话的世界回来时，便道又可游玩童话的世界。在那里有苍蝇目中的天地，有永远不去的春天；在那里鸟能唱歌，水也能唱歌，风也能唱歌；在那里有着靴的猫，有在背心里掏出表来的兔子；在那里有水晶的宫殿，带着小白翼子的天使。童话的世界的那边，还有许多

---

① 据《大唐三藏取经诗话》。

邻国，叫作乌托邦，它也可迁道一往观的。姑举一二给你看看。你知道吴稚晖先生是崇拜物质文明的，他的乌托邦自然也是物质文明的。他说，将来大同世界实现时，街上都该铺大红缎子。他在春晖中学校讲演时，曾指着“电灯开关”说：

科学发达了，我们讲完的时候，啤啼叭哒几声，要到房里去的就到了房里，要到宁波的就到了宁波，要到杭州的就到了杭州：这也算不来什么奇事。

（见《春晖》二十九期）

呀！啤啼叭哒几声，心已到了铺着大红缎子的街上了！——若容我借了法朗士的话来说，这些正是“灵魂的冒险”呀。

上面说的都是“大头天话”，现在要说些小玩意儿，新新耳目，所谓能放能收也。我曾说书籍可做心的旅行的向导，现在就谈读书吧。周作人先生说他目下只想无事时喝点茶，读点新书。喝茶我是无可无不可，读新书却很高兴！读新书有如幼时看西洋景，一页一页都有活鲜鲜的意思；又如到一个新地方，见一个新朋友。读新出版的杂志，也正是如此，或者更闹热些。读新书如吃时鲜鲥鱼，读新杂志如到惠罗公司去看新到的货色。我还喜欢读冷僻的书。冷僻的书因为冷僻的缘故，在我觉着和新书一样；仿佛旁人都不熟悉，只我有此眼福，便高兴了。我之所以喜欢搜阅各种笔记，就是这个缘故。尺牍，日记等，也是我所爱读的；因为原是随随便便，老老实实地写来，不露咬牙切齿的样子，便更加亲切，不知不觉将人招了入内。同样的理由，我爱读野史和逸事；在它们里，我见着活泼泼的真实的人。——它们所记，虽只一言一动之微，却包蕴着全个的性格；最要紧的，包蕴着与众不同的趣味。旧有的《世说新语》，新出的《欧美逸话》，都曾给我满足。我又爱读游记；这也是穷措大替代旅行之一法，从前的雅人叫作“卧游”的便是。从游记里，至少可以“知道”些异域的风土人情；好一些，还可以培养些异域的情调。前年在温州师范学校图书馆中，翻看《小方壶斋舆地丛钞》的目录，里面全是游记，虽然已是过时货，却颇引起我的向往之诚。“这许多好东西哟！”尽这般地想着；但终于没有勇气去借来细看，真是很可恨的！后来《徐霞客游记》石印出版，我的朋友买了一部，我又欲读不能！近顷《南洋旅行漫记》和《山野掇拾》出来了，我便赶紧买得，复仇似的读完，这才舒服了。我因为好奇，看报看杂志，也有特别的脾气。看报我总是先看封面广告的。一面是要找些新书，一面是要找些新闻；广告里的新闻，虽然是不正式的，或者算不得新闻，也未可知，但都是第一身第二身的，有时比第三身的正文还值得注意呢。譬如那回中华制糖公司董事的互讦，我看得真是热闹煞了！又如“印送安士全书”的广告，“读报至此，请念三声阿弥陀佛”的广告，真是“好聪明的糊涂法子”！看杂志我是先查补白，好寻着些轻松而隽永的东西：或名人的趣语，或当世的珍闻，零金碎玉，更见异彩！——请看“二千年前玉门关外一封情书”“时新旦角戏”等标题便知分晓。

我不是曾恭维看报么？假如要参加种种趣味的聚会，那也非看报不可。譬如前一两星期，报上登着世界短跑家要在上海试跑；我若在上海，一定要去看看跑是如何短法？又如本月十六日上海北四川路有洋狗展览会，说有四百头之多；想到那高低不齐的个儿，松密互映，纯驳争辉的毛片，或嚶嚶或呜呜或汪汪的吠声，我也极愿意去的。又我记得在《上海七日刊》上见过一幅法国儿童同乐会的摄影。摄影中济济一堂的满是儿童——这其间自然还有些抱着的母亲，领着的父亲，但不过二三人，容我用了四舍五入法，将他们略去吧。那前面的几个，丰腴圆润的庞儿，覆额的短发，精赤的小腿，我现在还记着呢。最可笑的，高高的房子，塞满了这些儿童，还空着大半截，大半截；若塞满了我们，空气一定是没有那么舒服的，便宜了空气了！这种聚会不用说是极使我高兴的！只是我便在上海，也未必能去；说来可恨恨！这里却要引起我别的感慨，我不说了。此外如音乐会，绘画展览会，我都乐于赴会的。四年前秋天的一个晚上，我曾到上海市政厅去听“中西音乐大会”；那几支广东小调唱得真入神，靡靡是靡靡到了极点，令人欢喜赞叹！

而歌者隐身幕内，不露一丝色相，尤动人无穷之思！绘画展览会，我在北京，上海也曾看过几回。但都像走马看花似的，不能自知冷暖——我真是太外行了，只好慢慢来吧。我却最爱看跳舞。五六年前的正月初三的夜里，我看了一个意大利女子的跳舞：黄昏的电灯光映着她裸露的微红的两臂，和游泳衣似的粉红的舞装；那腰真软得可怜，和麦粉搓成的一般。她两手擎着小小的钹，钱孔里拖着深红布的提头；她舞时两臂不住地向各方扇动，两足不住地来往跳跃，钹声便不住地清脆地响着——她舞得如飞一样，全身的曲线真是瞬息万变，转转不穷，如闪电吐舌，如星星眨眼；使人目眩心摇，不能自主。我看过了，恍然若失！从此我便喜欢跳舞。前年暑假时，我到上海，刚碰着卡尔登影戏院开演跳舞片的末一晚，我没有能去一看。次日写信去"特烦"，却如泥牛入海；至今引为憾事！我在北京读书时，又颇爱听旧戏；因为究竟是"外江"人，更爱听旦角戏，尤爱听尚小云的戏，——但你别疑猜，我却不曾用这支笔去捧过谁。我并不懂戏词，甚至连情节也不甚仔细，只爱那宛转凄凉的音调和楚楚可怜的情韵。我在理论上也左袒新戏，但那时的北京实在没有可称为新戏的新戏给我看；我的心也就渐渐冷了。南归以后，新戏固然和北京是"一丘之貉"，旧戏也就每况愈下，毫无足观。我也看过一回机关戏，但只足以广见闻，无深长的趣味可言。直到去年，上海戏剧协社演《少奶奶的扇子》，朋友们都说颇有些意思——在所曾寓目的新戏中，这是得未曾有的。又实验剧社演《葡萄仙子》，也极负时誉；黎明辉女士所唱“可怜的秋香”一句，真是脍炙人口——便是不曾看过这戏的我，听人说了此句，也会有“一种薄醉似的感觉，超乎平常所谓舒适以上”[①]。——《少奶奶的扇子》，我也还无一面之缘——真非到上海去开先施公司不可！上海的朋友们又常向我称述影戏；但我之于影戏，还是“猪八戒吃人参果”呢！也只好慢慢来吧。说起先施公司，我总想起惠罗公司。我常在报纸的后幅看见他家的广告，满幅画着新货色的图样，真是日本书店里所谓“诱惑状”[②]了。我想若常去看看新货色，也是一乐。最好能让我自由地鉴赏地看一回；心爱的也不一定买来，只须多多地，重重地看上几眼，便可权当占有了——朋友有新东西的时候，我常常把玩不肯释手，便是这个主意。

若目下不能到上海去开先施公司，或到上海而无本钱去开先施公司，则还有个经济的办法，我现在正用着呢。不过这种办法，便是开先施公司，也可同时采用的；因为我们原希望“多多益善”呀。现在我所在的地方，是没有绘画展览会；但我和人家借了左一册右一册的摄影集，画片集，也可使我的眼睛饱

---

① 见叶圣陶《泪的徘徊》中。
② 即新到书籍广告。

餐一顿。我看见“群羊”①，在那淡远的旷原中，披着乳一样白，丝一样软的羽衣的小东西，真和浮在浅浅的梦里的仙女一般。我看见“夕云”②，地上是疏疏的树木，偃蹇欹侧作势，仿佛和天上的乱云负固似的；那云是层层叠叠的，错错落落的，斑斑驳驳的，使我觉得天是这样厚，这样厚的！我看见“五月雨”③，是那般蒙蒙密密的一片，三个模糊的日本女子，正各张着有一道白圈儿的纸伞，在台阶上走着，走上一个什么坛去呢；那边还有两个人，却只剩了影儿！

我看见“现在与未来”④；这是一个人坐着，左手托着一个骷髅，两眼凝视着，右手正支颐默想着。这还是摄影呢，画片更是美不胜收了！弥爱的《晚祷》是世界的名作，不用说了。意大利 Gino 的名画《跳舞》，满是跃着的腿儿，牵着的臂儿，并着的脸儿；红的，黄的，白的，蓝的，黑的，一片片地飞舞着——那边还攒动着无数的头呢。是夜的繁华哟！是肉的熏蒸哟！还有日本中泽弘光的《夕潮》：红红的落照轻轻地涂在玲珑的水阁上；阁之前浅蓝的潮里，伫立着白衣编发的少女，伴着两只夭矫的白鹤；她们因水光的映射，这时都微微地蓝了；她只扭转头凝视那斜阳的颜色。又椎冢猪知雄的《花》，三个

---

①见《大风集》。
②《夕云》，见日本写真杂志 Camera 第 1 卷，1921 年版。
③《五月雨》，见日本写真杂志 Camera 第 1 卷，1921 年版。
④见日本《写真界》6 卷 6 号。

样式不同，花色互异的精巧的瓶子，分插着红白各色的，大的小的鲜花，都丰丰满满的。另有一个细长的和一个荸荠样的瓶子，放在三个大瓶之前和之间；一高一矮，甚是别致，也都插着鲜花，只一瓶是小朵的，一瓶是大朵的。我说的已多了——还有图案画，有时带着野蛮人和儿童的风味，也是我所爱的。书籍中的插画，偶然也有很好的；如什么书里有一幅画，显示威斯敏斯特大寺的里面，那是很伟大的——正如我在灵隐寺的高深的大殿里一般。而房龙《人类的故事》中的插画，尤其别有心思，马上可以引人到他所画的天地中去。

我所在的地方，也没有音乐会。幸而有留声机，机片里中外歌曲乃至国语唱歌都有；我的双耳尚不至大寂寞的。我或向人借来自开自听，或到别人寓处去听，这也是“揩油”之一道了。大约借留声机，借画片，借书，总还算是雅事，不致像借钱一样，要看人家脸孔的（虽然也不免有例外）；所以有时竟可大大方方地揩油。自然，自己的油有时也当大大方方地被别人揩的。关于留声机，北平有零卖一法。一个人背了话匣子（即留声机）和唱片，沿街叫卖；若要买的，就喊他进屋里，让他开唱几片，照定价给他铜子——唱完了，他仍旧将那话匣子等用蓝布包起，背了出门去。我们做学生时，每当冬夜无聊，常常破费几个铜子，买他几曲听听：虽然没有佳片，却也算消寒之一法。听说南方也有做这项生意的人。——我所在的地方，宁波是其一。宁波S中学现有无线电话收音机，我很想去听听大陆报馆的音乐。这比留声机又好了！不但声音更是亲切，且花样日日翻新；二者相差，何可以道里计呢！除此以外，朋友们的箫声与笛韵，也是很可过瘾的；但这看似易得而实难，因为好手甚少。我从前有一位朋友，吹箫极悲酸幽抑之致，我最不能忘怀！现在他从外国回来，我们久不见面，也未写信，不知他还能来一点儿否？

内地虽没有惠罗公司，却总有古董店，尽可以对付一气。我们看看古瓷的细润秀美，古泉币的陆离斑驳，古玉的丰腴有泽，古印的肃肃有仪，胸襟也可豁然开朗。况内地更有好处，为五方杂处，众目具瞻的上海等处所不及的；如花木的趣味，盆栽的趣味便是。上海的匆忙使一般人想不到白鸽笼外还有天地；花是怎样美丽，树是怎样青青，他们似乎早已忘怀了！这是我的朋友郢君所常常不平的。“暮春三月，江南草长，杂花生树，群莺乱飞。”——这在上海人怕只是一场春梦吧！像我所在的乡间：芊芊的碧草踏在脚上软软的，正像吃樱花糖；花是只管开着，来了又去，来了又去——杨贵妃一般的木笔，红着脸的桃花，白着脸的绣球……好一个“香遍满，色遍满的花儿的都”[①]呀！上海是不容易有的！我所以虽向慕上海式的繁华，但

① 俞平伯诗。

也不舍我所在的白马湖的幽静。我爱白马湖的花木，我爱S家的盆栽——这其间有诗有画，我且说给你。一盆是小小的竹子，栽在方的小白石盆里；细细的杆子疏疏地隔着，疏疏的叶子淡淡地撇着，更点缀上两三块小石头；颇有静远之意。上灯时，影子写在壁上，尤其清隽可亲。另一盆是棕竹，瘦削的杆子亭亭地立着；下部是绿绿的，上部颇劲健地坼着几片长长的叶子，叶根有细极细极的棕丝网着。这像一个丰神俊朗而蓄着微须的少年。这种淡白的趣味，也自是天地间不可少的。

天地间还有一种不可少的趣味，也是简便易得到的，这是“谈天”。——普通话叫作“闲谈”；但我以“谈天”二字，更能说出那“闲旷”的味儿！傅孟真先生在《心气薄弱之中国人》一评里，引顾宁人的话，说南方之学者，“群居终日，言不及义”；北方之学者，“饱食终日，无所用心”。他说“到了现在已经二百多年了，这评语仍然是活泼泼的”。“谈天”大概也只能算“不及义”的言；纵有“及义”的时候，也只是偶然碰到，并非立意如此。若立意要“及义”，那便不是“谈天”而是“讲茶”了。“讲茶”也有“讲茶”的意思，但非我所要说。“终日言不及义”，诚哉是无益之事；而且岂不疲倦？“舌敝唇焦”，也未免“穷斯滥矣”！不过偶尔“茶余酒后”“月白风清”，约两个密友，吸着烟卷儿，尝着时新果子，促膝谈心，随兴趣之所至。时而上天，时而入地，时而论书，时而评画，时而纵谈时局，品鉴人伦，时而剖析玄理，密诉衷曲……等到兴尽意阑，便各自回去睡觉；明早一觉醒来，再各奔前程，修持“胜业”，想也不致耽误的。或当公私交集，身心俱倦之后，约几个相知到公园里散散步，不愿散步时，便到绿荫下长椅上坐着；这时作无定向的谈话，也是极有意味的。至于“‘辟克匿克’来江边”，那更非“谈天”不可！我想这种“谈天”，无论如何，总不能算是大过吧。人家说清谈亡了晋朝，我觉得这未免是栽赃的办法。请问晋人的清谈，谁为为之？孰令致之？——这且不说，我单觉得清谈也正是一种“生活之艺术”，只要有节制。有的如针尖的微触，有的如剪刀的一断；恰像吹皱一池春水，你的心便会这般这般了。

“谈天”本不想求其有用，但有时也有大用；英哲洛克（Locke）的名著《人间悟性论》中述他著书之由——说有一日，与朋友们谈天，端绪愈引而愈远，不知所从来，也不知所届；他忽然惊异：人知的界限在何处呢？这便是他的大作最初的启示了。——这是我的一位先生亲口告诉我的。

我说海说天，上下古今谈了一番，自然仍不曾跳出我佛世尊——自己——的掌心，现在我还是卷旗息鼓，“回到自己的灵魂”[①]吧。自己有今日的自己，有昨日的自己，有北京时的自

① 也是法朗士的话。

己，有南京时的自己，有在父母怀抱中的自己……乃至一分钟有一个自己，一秒钟有一个自己。每一个自己无论大的，小的，都各提挈着一个世界，正如旅客带着一只手提箱一样。各个世界，各个自己之不相同，正如旅客手提箱里所装的东西之不同一样。各个自己与它所提挈的世界是一个大大的联环，决不能拆开的。譬如去年十月，我正仆仆于轮船火车之中。我现在回想那时的我，第一不能忘记的，是江浙战争；第二便是国庆。因战争而写来的父亲的岳父的信，一页页在眼前翻过；因战争而搬家的人，一阵阵在面前走过；眼看学校一日日挨下去，直到关门为止。念头忽然转弯：林纾死了，法朗士死了；国际联盟第五届大会也闭幕了！……正如水的漪涟一样，一圈一圈地尽管晕开去，可以至于非常之多。只区区一个月的我，所提挈的已这样多，则积了三百几十个月的我，所提挈的当有无穷！要算起账来，倒是“大笔头”[①]呢！若有那样细心，再把月化为日，日化为时，时化为分秒，我的世界当更不了不了！这其间有吃的，有睡的，有玩的，有笑的，有哭的，有糊涂的，有聪明的……若能将它们陈列起来，必大有意思；若能影戏片似的将它们摇过去，那更有意思了！人总有念旧之情的。我的一个朋友回到母校做教师的时候，偶然在故纸堆中翻到他十四岁时

---

① 此是宁波方言，本系记账术语，“多”也，引申作“甚”之意。这里用作双关语。

投考该校的一张相片，便爱它如儿子。我们对于过去的自己，大都像嚼橄榄一样，总有些儿甜的。我们依着时光老人的导引，一步步去温寻已失的自己；这走的便是“忆之路”。在“忆之路”上愈走得远，愈是有味；因苦味渐已蒸散而甜味却还留着的缘故。最远的地方是“儿时”，在那里只有一味极淡极淡的甜；所以许多人都惦记着那里。这“忆之路”是颇长的，也是世界上一条大路。要成为一个自由的“世界民”，这条路不可不走走的。

我的把戏变完了——咳！多么贫呢！我总之羡慕齐天大圣；他虽也跳不出佛爷的掌心，但到底能翻十万八千里的筋斗，又有七十二变化的！

一九二五年五月九日

窗外的春光 / 庐隐

几天不曾见太阳的影子，沉闷包围了她的心。今早从梦中醒来，睁开眼，一线耀眼的阳光已映射在她红色的壁上，连忙披衣起来，走到窗前，把洒着花影的素幔拉开。前几天种的素心兰，已经开了几朵，淡绿色的瓣儿，衬了一颗朱红色的花心，风致真特别，即所谓“冰洁花丛艳小莲，红心一缕更嫣然”了。同时一股沁人心脾的幽香，喷鼻醒脑，平板的周遭，立刻涌起波动，春神的薄翼，似乎已扇动了全世界凝滞的灵魂。

说不出是喜悦，还是惆怅，但是一颗心灵涨得满满的，——莫非是满园春色关不住，——不，这连她自己都不能相信；然而仅仅是为了一些过去的眷恋，而使这颗心不能安定吧！本来人生如梦，在她过去的生活中，有多少梦影已经模糊了，就是从前曾使她惆怅过，甚至于流泪的那种情绪，现在也差不多消逝净尽，就是不曾消逝的而在她心头的意义上，也已经变了色调，那就是说从前以为严重了不得的事，现在看来，也许仅仅只是一些幼稚的可笑罢了！

兰花的清香，又是一阵浓厚地包袭过来，几只蜜蜂嗡嗡地在花旁兜着圈子，她深切地意识到，窗外已充满了春光；同时二十年前的一个梦影，从那深埋的心底复活了。

一个仅仅十零岁的孩子，由于脾气的古怪，不被家人们了解，于是把她送到一所囚牢似的教会学校去寄宿。那学校的校长是美国人，——一个五十岁的老处女，对于孩子们管得异常严厉，整月整年不许孩子走出那所建筑庄严的楼房外去。四围的环境又是异样的枯燥，院子是一片沙土地；在角落里时时可以发现被孩子们踏陷的深坑，坑里纵横着人体的骨骼，没有树也没有花，所以也永远听不见鸟儿的歌曲。

春风有时也许可怜孩子们的寂寞吧！在那洒过春雨的土地上，吹出一些青草来——有一种名叫“辣辣棍棍”的，那草根有些甜辣的味儿，孩子们常常伏在地上，寻找这种草根，放在口里细细地嚼咀；这可算是春给她们特别的恩惠了！

那个孤零的孩子，处在这种阴森冷漠的环境里，更是倔强，没有朋友，在她那小小的心灵中，虽然还不曾认识什么是世界，也不会给这个世界一个估价，不过她总觉得自己所处的这个世界，是有些乏味；她追求另一个世界。在一个春风吹得最起劲的时候，她的心也燃烧着更热烈的希冀。但是这所囚牢似的学校，那一对黑漆的大门仍然严严地关着，就连从门缝看看外面的世界，也只是一个梦想。于是在下课后，她独自跑到地窖里去，那是一个更森严可怕的地方，四围是石板做的墙，房顶也是冷冰冰的大石板，走进去便有一股冷气袭上来，可是在她的心里，总觉得比那死气沉沉的校舍，多少有些神秘性吧。最能引诱她的当然还是那几扇矮小的窗子，因为窗子外就是一座花园。这一天她忽然看见窗前一丛蝴蝶兰和金钟罩，已经盛开了，这算给了她一个大诱惑，自从发现了这窗外的春光后，这个孤零的孩子，在她生命上，也开了一朵光明的花，她每天像一只猫儿般，只要有工夫，便蜷伏在那地窖的窗子上，默然地幻想着窗外神秘的世界。

她没有哲学家那种富有根据的想象，也没有科学家那种理智的头脑，她小小的心，只是被一种天所赋予的热情紧咬着。她觉得自己所坐着的这个地窖，就是所谓人间吧——一切都是冷硬淡漠，而那窗子外的世界却不一样了。那里一切都是美丽的，和谐的，自由的吧！她欣羡着那外面的神秘世界，于是那小小的灵魂，每每跟着春风，一同飞翔了。她觉得自己变成一只蝴蝶，在那盛开着美丽的花丛中翱翔着，有时她觉得自己是一只小鸟，直扑天空，伏在柔软的白云间甜睡着。她整日支着颐不动不响地尽量陶醉，直到夕阳逃到山背后，大地垂下黑幕时，她才快快地离开那灵魂的休憩地，回到陌生的校舍里去。

她每日每日照例地到地窖里来，——一直过完了整个春天。

忽然她看见蝴蝶兰残了，金钟罩也倒了头，只剩下一丛深碧的叶子，苍茂地在薰风里撼动着，那时她竟莫名其妙地流下眼泪来。这孩子真古怪得可以，十零岁的孩子前途正远大着呢，这春老花残，绿肥红瘦，怎能惹起她那么深切的悲感呢？但是孩子从小就是这样古怪，因此她被家人所摒弃，同时也被社会所摒弃。在她的童年里，便只能在梦境里寻求安慰和快乐，一直到她否认现实世界的一切，她终成了一个疏狂孤介的人。在她三十年的岁月里，只有这些片段的梦境，维系着她的生命。

阳光渐渐地已移到那素心兰上，这目前的窗外春光，撩拨起她童年的眷恋，她深深地叹息了：“唉，多缺陷的现实的世界呵！在这春神努力地创造美丽的刹那间，你也想遮饰起你的丑恶吗？人类假使连这些梦影般的安慰也没有，我真不知道人们怎能延续他们的生命哟！”

但愿这窗外的春光，永驻人间吧！她这样虔诚地默祝着，素心兰像是解意般地向她点着头。

绿 / 李广田

我独处在我的楼上。

我的楼上？——我可曾真正有过一座楼吗？连我自己也不敢断言，因为我自己是时常觉得独处楼上的。西北有高楼，上与浮云齐，这个我很爱，这也就是我的楼上了。

我独处在我的楼上，我不知道我做些什么，而我的事业仿佛就是在那里制造醇厚的寂寞。我的楼上非常空落，没有陈设，没有壁饰，寂静，昏暗，仿佛时间从来不打这儿经过，我好像无声地自语道："我的楼吗，这简直是我的灵魂的寝室啊！我独处在楼上，而我的楼却又住在我的心里。"而且，我又不知道楼外是什么世界，如登山遇到了绝崖。绝崖的背面是什么呢？绝崖登不得，于是感到了无可奈何的惆怅。

我在无可奈何中移动着我的双手。我无意间，完全是无意地以两手触动到我的窗子了（我简直不曾知道有这个窗子的存在），乃如深闺中的少年妇人，于无聊时顺手打开一个镜匣，顷刻间，在清光中照见她眉宇间的青春之凋亡了。而我呢，我一不小心触动了这个机关，我的窗子于无声中豁然开朗，如梦中人忽然睁大了眼睛，独立在梦境的边缘。

我独倚在我的窗畔了。

我的窗前是一片深绿，从辽阔的望不清的天边，一直绿到我楼外的窗前。天边吗？还是海边呢？绿的海连着绿的天际，正如芳草连天碧。海上平静，并无一点波浪，我的思想就凝结在那绿水上。我凝视，我沉思，我无所沉思着。忽然，我若有所失了，我的损失将永世莫赎，我后悔我不该发那么一声叹息。我的一声叹息吹皱了我的绿海，绿海上起着层层的涟漪。刹那间，我乃分辨出海上的萍、藻，海上的芰、荷，海上的芦与荻，这是海吗？这不是我家的小池塘吗？也不知是暮春还是初秋，只是一望无边的绿，绿色的风在绿的海上游走，迈动着沉重的脚步。风从未吹入我的窗户，我觉得寒冷，我有深绿色的悲哀，是那么广漠而又那么沉郁。我一个人占有这个忧愁的世界，然而我是多么爱惜我这个世界呀。

我有一个喷泉深藏胸中。这时，我的喷泉起始喷涌了，等泉水涌到我的眼帘时，我的楼乃倾颓于一刹那间。

乞丐和病者 / 陆蠡

仿佛我成了一个乞丐。

我站在市街阴暗的角落，向过往的人们伸手。

我用柔和的声音，温婉的眼光，谦恭的态度，向每一个人要求施舍。

市街的夜是美丽的。各种颜色的光波混和着各种乐曲的音波。在美丽的颜色间有我的黑影，在美丽的音乐中间有我求乞的声音。

无论人们予我以冷淡，轻蔑，讥诮，呵斥，我仍然有着柔和的声音，温婉的眼光和谦恭的态度。

在我的眼中人们都是同等的。不论他们是王侯，公主，贫民，歌女，我同样地用手拦住他们，求一份施舍，一枚铜子或纸币。

我在他们的眼中也是同等的。不论他们是黄种，白种，本国人，异国人，我同样地从他们的手中接到一份施舍，一个铜子或纸币。

我是一无所有。我身上只有一袭破衣衫，但这不是为了蔽寒而是为了礼貌；我的破帽则只是为了承受别人的施舍。我是世界上最穷的人。我没有金钱，名誉，爱情，幸福，地位，事业，一切人们认为美好的东西；我也没有自私，骄矜，吝啬，嫉妒，虚荣，贪欲，一切人们认为丑恶的东西。我如同来这世上的时候，也如同将要离去这世上的时候，我身上没有赍携，心中没有负累。

然而我有一个美丽的东西。我有一个幻想。没有一样东西比我幻想中的东西更美丽，更可爱，没有一块地方比我幻想之境更膏腴，更丰饶，没有一个国家比我幻想之国更自由，更平等。我有可以打开幻想的箱子的钥匙，我有可以进入幻想的国境的护照，这钥匙和护照，便是贫穷。

我还有一种珍贵的财宝。一种人们认为黄金难买的东西。我是“空闲”的所有者。有谁支配他的时间如同我浪费的光阴？有谁看见夜合花在夜里启闭，有谁看见蜗牛在潮湿的墙脚铺下银色的辇道，有谁知道夜里的溪水在石滩上怎样满涨，有谁知道露粒在草叶尖上怎般凝结？更有谁知道一个笑颜在人的脸上闪过而又消失，或是一茎须发的变白？而我，我知道这些多于别人的。因为我有多余的“空闲”，我有余闲和自然及人类接近。我消耗我的光阴在极琐细的事情上面，我浪费我的光阴如同我在海里洗澡浪费了一海的水，我是光阴的浪费者。我有浪费的权利。

我可还是另一种宝贵的东西的所有者。我拥有大量的祝福。乞丐的祝福是黄金。没有一种祝福比乞丐的祝福更真诚，更纯洁，更坦白，也是更可贵，更难求的。我用虔心的祝福报答人们的施舍。啊！你说我是在求乞么？不，我是在施予。我分赠我的祝福给愿意接受它的人。你看我穿了破衣衫在街边鹄立，我是来要求每一个过路的人为我打开祝福之门。

我又仿佛成了病者。

我没有病。只因偶时起了惜己之心，想到应当照料一下自己了，于是仿佛病了。

我没有病。只因偶时起了偷闲之心，想着愿意懒一懒呢，于是真的好像病了。

我独自睡在静静的房间里，一张干净的床上。房里有着柔和的光线，一切粗犷的噪声都被隔断。没有人来打扰我，我有正当的理由躲开别人。

于是我开始照料我自己：寒暖，饮食，思维，动作……我照料我自己如同父母照料一个婴儿，我体贴我自己如同体贴一个情人。我发现自己是那么被疼爱，被宝贵，这种并不高尚的感情在我的心中生长。这回却毫不矛盾地妥协地接受了。病是

“自私”的苗床，“自私”在那里生长。

我开始检查我自己：神经，心脏，肝肾，肠胃，皮肤，毛发……我检查自己的过去和现在，忧伤，快乐，悔恨，庆幸，顺遂，蹉跌，奢心，幻灭……我分析我自己如同医士解剖一具死尸，我审鞫我自己如同法官谳问一个犯人。

我发现自己的每一个缺点，正如我熟悉别人的缺点。我不能过分谴责自己，正如不能过分谴责别人，这种并不高尚的感情在我的心中生长，这回又毫不惭愧地妥协地接受了。病是“自私”的苗床，受“宽容”的灌溉。

我愿意有一回病的，我不想避开它。病是生活的白页。

当你，偶然读一个长篇小说，为紧张的情节所激动而疲倦了，但你不能不读下去，那时你会渴望逢到一张白页，一个章回，借以休息你的眼睛，松弛你的注意力，以待精神恢复；当你在人生的书本上翻了一页又一页，你逢到许多悲，欢，离，合，你有时为感情压倒了，你无法解开人生之结，你不宁愿有一场疾病么？病使苦痛遗忘，病使生机恢复。病是人生的书本的章回，它是前一章的结束，下一章的开始。

我期待着有一回病的，我需要它。病是生活的乐曲的休止节。当一个旋律进行着，一会儿是 Andante，一会儿是 Allegro，一会儿是 Crescendo，一会儿是 Decrescendo，你的心弦为之震荡，为之共鸣，为之颤动，为之兴感，你有时觉得有点疲累，你愿意有一个休止节，这无音的音符。病是人生的乐曲的休止节。它从前一节转到下一节，从 Fine 回到 Dacapo。

然而，正如老是生的暮年，病是死的幼年。生的长成，趋于衰老，病的长成，渐于死亡，噫！

死之默想 / 周作人

四世纪时希腊厌世诗人巴拉达思作有一首小诗道：

（Pollalaleis，anthrope — Palladas）
“你太饶舌了，人呵，不久将睡在地下；
“住口罢，你生存时且思索那死。”

这是很有意思的活。关于死的问题，我无事时也曾默想过（但不坐在树下，大抵是在车上），可是想不出什么来，——这或者因为我是个“乐天的诗人”的缘故吧。但其实我何尝一定崇拜死，有如曹慕管君，不过我不很能够感到死之神秘，所以不觉得有思索十日十夜之必要，于形而上的方面也就不能有所饶舌了。

窃察世人怕死的原因，自有种种不同，“以愚观之”可以定为三项：其一是怕死时的苦痛，其二是舍不得人世的快乐，其三是顾虑家族。苦痛比死还可怕，这是实在的事情。十多年前有一个远房的伯母，十分困苦，在十二月底想投河寻死（我们乡间的河是经冬不冻的），但是投了下去，她随即走了上来，说是因为水太冷了。有些人要笑她痴也未可知，但这却是真实的人情。倘若有人能够切实保证，诚如某生物学家所说，被猛兽咬死痒酥酥地很是愉快，我想一定有许多人裹粮入山去投身饲饿虎的了。可惜这一层不能担保，有些对于别项已无留恋的人因此也就不得不稍为踌躇了。

顾虑家族，大约是怕死的原因中之较小者，因为这还有救治的方法。将来如有一日，社会制度稍加改良，除施行善种的节制以外，大家不问老幼可以各尽所能，各取所需，凡平常衣食住，医药教育，均由公给，此上更好的享受再由个人的努力去取得，那么这种顾虑就可以不要，便是夜梦也一定平安得多了。不过我所说的原是空想，实现还不知在几十百千年之后，而且到底未必实现也说不定，那么也终是远水不救近火，没有什么用处。比较确实的办法还是设法发财，也可以救济这个忧虑。为得安闲的死而求发财，倒是很高雅的俗事；只是发财大不容易，不是我们都能做的事，况且天下之富人有了钱便反死不去，则此亦颇有危险也。

人世的快乐自然是很可贪恋的，但这似乎只在青年男女才深切地感到，像我们将近“不惑”的人，尝过了凡人的苦乐。

此外别无想做皇帝的野心，也就不觉得还有舍不得的快乐。我现在的快乐只是想在闲时喝一杯清茶，看点新书（虽然近来因为政府替我们储蓄，手头只有买茶的钱），无论他是讲虫鸟的歌唱，或是记贤哲的思想，古今的刻绘，都足以使我感到人生的欣幸。然而朋友来谈天的时候，也就放下书卷，何况“无私神女”（Atropos）的命令呢？我们看路上许多乞丐，都已没有人生乐趣，却是苦苦地要活着，可见快乐未必是怕死的重大原因：或者舍不得人世的苦辛也足以叫人留恋这个尘世罢。讲到他们，实在已是了无牵挂，大可“来去自由”，实际却不能如此，倘若不是为了上边所说的原因，一定是因为怕河水比彻骨的北风更冷的缘故了。

对于“不死”的问题，又有什么意见呢？因为少年时当过五六年的水兵，头脑中多少受了唯物论的影响，总觉得造不起“不死”这个观念来，虽然我很喜欢听荒唐的神话。即使照神话故事所讲，那种长生不老的生活我也一点儿都不喜欢。住在冷冰冰的金门玉阶的屋里，吃着五香牛肉一类的麟肝凤脯，天天游手好闲，不在松树下着棋，便同金童玉女厮混，也不见得有什么趣味，况且永远如此，更是单调而且困倦了。又听人说，仙家的时间是与凡人不同的，诗云“山中方七日，世上已千年”，所以烂柯山下的六十年在棋枰边只是半个时辰耳，哪里会有日子太长之感呢？但是由我看来，仙人活了两百万岁也只抵得人间的四十春秋，这样浪费时间无裨实际的生活，殊不值得费尽了心机去求得他；倘若两百万年后劫波到来，就此溘然，将被五十岁的凡夫所笑。较好一点的还是那西方凤鸟（Phoenix）的办法，活上五百年，便尔蜕去，化为幼凤，这样的轮回倒很好玩的，——可惜他们是只此一家，别人不能仿作。大约我们还只好在这被容许的时光中，就这平凡的境地中，寻得些须的安闲悦乐，即是无上幸福：至于“死后，如何？”的问题，乃是神秘派诗人的领域，我们平凡人对于成仙做鬼都不关心，于此自然就没有什么兴趣了。

第二章

生活的诀窍，是不泯童心

人世是这么百怪千奇，
人命是这样他生未卜，
这个千载一时的看世界机会实在不容错过，
绝不可误解了天真意味。

糊涂一点，潇洒一点 / 季羡林

最近一个时期，经常听到人们的劝告：要糊涂一点，要潇洒一点。

关于第一点糊涂问题，我最近写过一篇短文《难得糊涂》。在这里，我把糊涂分为两种：一个叫真糊涂，一个叫假糊涂。普天之下，绝大多数的人，争名于朝，争利于市。尝到一点小甜头，便喜不自胜，手舞足蹈，心花怒放，忘乎所以。碰到一个小钉子，便忧思焚心，眉头紧皱，前途暗淡，哀叹不已。这种人滔滔者天下皆是也。他们是真糊涂，但并不自觉。他们是幸福的，愉快的。愿老天爷再向他们降福。

至于假糊涂或装糊涂，则以郑板桥的“难得糊涂”最为典型。郑板桥一流的人物是一点也不糊涂的。但是现实的情况又迫使他们非假糊涂或装糊涂不行。他们是痛苦的。我祈祷老天爷赐给他们一点真糊涂。

谈到潇洒一点的问题，首先必须对这个词儿进行一点解释。

这个词儿圆融无碍，谁一看就懂，再一追问就糊涂。给这样一个词儿下定义，是超出我的能力的。还是查一下词典好。《现代汉语词典》的解释是：“（神情、举止、风貌等）自然大方，有韵致，不拘束。”看了这个解释，我吓了一跳。什么“神情”，什么“风貌”，又是什么“韵致”，全是些抽象的东西，让人无法把握。这怎么能同我平常理解和使用的“潇洒”挂上钩呢？

我是主张模糊语言的，现在就让“潇洒”这个词儿模糊一下吧。我想到中国六朝时代一些当时名士的举动，特别是《世说新语》等书所记载的，比如刘伶的“死便埋我”，什么雪夜访戴，等等，应该算是“潇洒”吧。可我立刻又想到，这些名士，表面上潇洒，实际上心中如焚，时时刻刻担心自己的脑袋。有的还终于逃不过去，嵇康就是一个著名的例子。

写到这里，我的思维活动又逼迫我把“潇洒”，也像糊涂一样，分为两类：一真一假。六朝人的潇洒是装出来的，因而是假的。

这些事情已经“俱往矣”，不大容易了解清楚。我举一个现代的例子。20 世纪 30 年代，我在清华读书的时候，一位教授（姑隐其名）总想充当一下名士，潇洒一番。冬天，他穿上锦缎棉袍，下面穿的是锦缎棉裤，用两条彩色丝带把棉裤紧紧地系在腿的下部。头上头发也故意不梳得油光发亮。他就这样飘飘然走进课堂，顾影自怜，大概十分满意。在学生们眼中，他这种矫揉造作的潇洒，却是丑态可掬，辜负了他一番苦心。

同这位教授唱对台戏的——当然不是有意的——是俞平伯先生。有一天，平伯先生把脑袋剃了个精光，高视阔步，昂然从城内的住处出来，走进了清华园。园内几千人中这是唯一的一个精光的脑袋，见者无不骇怪，指指点点，窃窃私议，而平伯先生则全然置之不理，照样登上讲台，高声朗诵宋代名词，摇头晃脑，怡然自得。朗诵完了，连声高呼："好！好！就是好！"此外再没有别的话说。古人说："是真名士自风流。"同那位教英文的教授一比，谁是真风流，谁是假风流；谁是真潇洒，谁是假潇洒，昭然呈现于光天化日之下。

这一个小例子，并没有什么深文奥义，只不过是想辨真伪而已。

古人说："文武之道，一张一弛。"有张无弛不行，有弛无张也不行。张弛结合，斯乃正道。提倡糊涂一点，潇洒一点，正是为了达到这个目的。

世故三昧 / 鲁迅

人世间真是难处的地方，说一个人“不通世故”，固然不是好话，但说他“深于世故”也不是好话。“世故”似乎也像“革命之不可不革，而亦不可太革”一样，不可不通，而亦不可太通的。

然而据我的经验，得到“深于世故”的恶谥者，却还是因为“不通世故”的缘故。

现在我假设以这样的话，来劝导青年人——

“如果你遇见社会上有不平事，万不可挺身而出，讲公道话，否则，事情倒会移到你头上来，甚至于会被指作反动分子的。如果你遇见有人被冤枉，被诬陷的，即使明知道他是好人，也万不可挺身而出，去给他解释或分辩，否则，你就会被人说是他的亲戚，或得了他的贿赂；倘使那是女人，就要被疑为她的情人的；如果他较有名，那便是党羽。例如我自己罢，给一个毫不相干的女士做了一篇信札集的序[①]，人们就说她是我的小姨；介绍一点科学的文艺理论，人们就说得了苏联的卢布。亲戚和金钱，在目下的中国，关系也真是大，事实给予了教训，人们看惯了，以为人人都脱不了这关系，原也无足深怪的。

“然而，有些人其实也并不真相信，只是说着玩玩，有趣有趣的。即使有人为了谣言，弄得凌迟碎剐，像明末的郑鄤[②]那样了，和自己也并不相干，总不如有趣的紧要。这时你如果去辨正，那就是使大家扫兴，结果还是你自己倒霉。我也有一个经验，那是十多年前，我在教育部里做“官僚”[③]，常听得同事说，某女学校的学生，是可以叫出来嫖的[④]，连机关的地址门牌，也说得明明白白。有一回我偶然走过这条街，一个人对于坏事情，是记性好一点的，我记起来了，便留心着那门牌，但这一号，却是一块小空地，有一口大井，一间很破烂的小屋，是几个山东人住着卖水的地方，决计做不了别用。待到他们又在谈着这事的时候，我便说出我的所见来，而不料大家竟笑容

① “毫不相干的女士”指金淑姿。1932年程鼎兴为亡妻金淑姿刊行遗信集，托人请鲁迅写序。鲁迅所作的序，后编入《集外集》，题为《〈淑姿的信〉序》。

② 郑鄤，号峚阳，江苏武进（今常州市）人，明代天启年间进士。崇祯时温体仁诬告他不孝杖母，被凌迟处死。

③ “官僚”：陈西滢攻击作者的话，见1926年1月30日北京《晨报副刊》所载《致志摩》。

④ 在1925年女师大风潮中，陈西滢诬蔑女师大学生可以“叫局”，1926年年初，北京《晨报副刊》《语丝》等不断载有谈论此事的文章。

尽敛，不欢而散了，此后不和我谈天者两三月。我事后才悟到打断了他们的兴致，是不应该的。

“所以，你最好是莫问是非曲直，一味附和着大家；但更好是不开口；而在更好之上的是连脸上也不显出心里的是非的模样来……”

这是处世法的精义，只要黄河不流到脚下，炸弹不落在身边，可以保管一世没有挫折的。但我恐怕青年人未必以我的话为然；便是中年，老年人，也许要以为我是在教坏了他们的子弟。呜呼，那么，一片苦心，竟是白费了。

然而倘说中国现在正如唐虞盛世，却又未免是“世故”之谈。耳闻目睹的不算，单是看看报章，也就可以知道社会上有多少不平，人们有多少冤抑。但对于这些事，除了有时或有同业，同乡，同族的人们来说几句呼吁的话之外，利害无关的人的义愤的声音，我们是很少听到的。这很分明，是大家不开口；或者以为和自己不相干；或者连“以为和自己不相干”的意思也全没有。“世故”深到不自觉其“深于世故”，这才真是“深于世故”的了。这是中国处世法的精义中的精义。

而且，对于看了我的劝导青年人的话，心以为非的人物，我还有一下反攻在这里。他是以我为狡猾的。但是，我的话里，一面固然显示着我的狡猾，而且无能，但一面也显示着社会的黑暗。他单责个人，正是最稳妥的办法，倘使兼责社会，可就得站出去战斗了。责人的“深于世故”而避开了“世”不谈，这是更“深于世故”的玩意，倘若自己不觉得，那就更深更深了，离三昧[1]境盖不远矣。

不过凡事一说，即落言筌[2]，不再能得三昧。说“世故三昧”者，即非“世故三昧”。三昧真谛，在行而不言；我现在一说“行而不言”，却又失了真谛，离三昧境盖益远矣。

一切善知识[3]，心知其意可也，唵[4]！

十月十三日

---

① 三昧：佛家语，佛家修身方法之一，也泛指事物的诀要或精义。

② 言筌：言语的迹象。《庄子·外物》：“荃（筌）者所以在鱼，得鱼而忘荃（筌）；言者所以在意，得意而忘言。”

③ 善知识：佛家语，据《法华文句》解释：“闻名为知，见形为识，是人益我菩提（觉悟）之道，名善知识。”

④ 梵文 o m的音译，佛经咒语的发声词。

天真与经验 / 梁遇春

天真和经验好像是水火不相容的东西。我们常以为只有什么经验也没有的小孩子才会天真，他那位饱历沧桑的爸爸是得到经验，而失掉天真了。可是，天真和经验实在并没有这样子不共戴天，它们俩倒很常是聚首一堂。英国最伟大的神秘诗人勃来克[①]著有两部诗集：《天真的歌》（*Songs of Innocence*）同《经验的歌》（*Songs of Experience*）。在天真的歌里，他无忧无虑地信口唱出晶莹甜蜜的诗句，他简直是天真的化身，好像不晓得世上是有龌龊的事情的。然而在经验的歌里，他把人情的深处用简单的词句表现出来，真是找不出一个比他更有世故的人了，他将伦敦城里扫烟囱小孩子的穷苦，娼妓的厄运说得辛酸凄迷，可说是看尽人间的烦恼。可是他始终仍然是那么天真，他还是常常亲眼看见天使；当他的工

① 今译布莱克。

作没有做得满意时候，他就同他的妻子双双跪下，向上帝祈祷。他快死的前几天，那时他结婚已经有四十五年了，一天他看着他的妻子，忽然拿起铅笔叫道："别动！在我眼里你一向是一个天使，我要把你画下。"他就立刻画出她的相貌。这是多么天真的举动。尖酸刻毒的斯惠夫特[①]写信给他那两位知心的女人时候，的确是十足的孩子气，谁去念*The Journal to Stella*[②]这部书信集，也不会想到写这信的人就是*Gulliver's Travels*[③]的作者。斯蒂芬生[④]在他的小品文集《贻青年少女》（*Virginibus Puerisque*）中，说了许多世故老人的话，尤其是对于婚姻，讲有好些叫年轻的爱人们听着会灰心的冷话。但是他却没有失丢了他的童心，他能够用小孩子的心情去叙述海盗的故事，他又能借小孩子的口气，著出一部《小孩的诗园》（*A Child's Garden of Verses*），里面充满着天真的空气，是一本儿童文学的杰作。可见确然吃了知识的果，还是可以在乐园里逍遥到老。我们大家并不是个个都像亚当先生那么不幸。

也许有人会说，这班诗人们的天真是装出来的，最少总有点做作的痕迹，不能像小孩子的天真那么浑脱自然，毫无心机。但是，我觉得小孩子的天真是靠不住的，好像个很脆的东西，

---

① 今译斯威夫特。
②《致斯苔腊的书信集》，斯威夫特著。
③《格列佛游记》，斯威夫特的名著。
④ 今译斯蒂文森。

经不起现实的接触。并且当他们才发现人情的险诈同世路的崎岖时候，他们会非常震惊，因此神经过敏地以为世上除开计较得失利害外是没有别的东西的，柔嫩的心或者就这么麻木下去，变成个所谓值得父兄赞美的少年老成人了。他们从前的天真是出于无知，值不得什么赞美的，更值不得我们欣羡。桌子是个一无所知的东西，它既不晓得骗人，更不会去骗人，为什么我们不去颂扬桌子的天真呢？小孩子的天真跟桌子的天真并没有多大的分别。至于那班已坠世网的人们的天真就大不同了。他们阅历尽人世间的纷扰，经过了许多得失哀乐，因为看穿了鸡虫得失的无谓，又知道在太阳底下是难逢笑口的，所以肯将一切利害的观念丢开，来任口说去，任性做去，任情去欣赏自然界的快乐。他们以为这样子痛快地活着才是值得的。他们把机心看作是无谓的虚耗，自然而然会走到忘机的境界了。他们的天真可说是被经验锻炼过了，仿佛像在八卦炉里蹲过，做成了火眼金睛的孙悟空。人世的波涛再也不能将他们的天真卷去，他们真是“世路如今已惯，此心到处悠然”，这种悠然的心境既然成为习惯，习惯又成天然，所以他们的天真也是浑脱一气，没有刀笔的痕迹的。这个建在理智上面的天真绝非无知的天真所可比拟的，从无知的天真走到这个超然物外的天真，这就全靠着个人的生活艺术了。

忽然记起我自己去年的生活了，那时我同G常作长夜之谈。

有一晚电灯灭后，蜡烛上时，我们揉着睡眼，重新燃起一斗烟来，就谈着年轻人所最爱谈的题目——理想的女人。我们不约而同地说道最可爱的女子是像卖解，女优，歌女等这班风尘人物里面的痴心人。她们流落半生，看透了一切世态，学会了万般敷衍的办法，跟人们好似是绝不会有情的，可是若使她们真真爱上了一个情人，她们的爱情比一般的女子是强万万倍的。她们不像没有跟男子接触过的女子那样盲目，口是心非的甜言蜜语骗不了她们，暗地皱眉的热烈接吻瞒不过她们的慧眼，她们一定要得到了个一往情深的爱人，才肯来永不移情地心心相托。她们对于爱人所以会这么苛求，全因为她们自己是恳挚万分。至于那班没有经验的女子，她们常常只听到几句无聊的卿卿我我，就以为是了不得了，她们的爱情轻易地结下，将来也就轻易地勾销，这哪里可以算作生生死死的深情。不出闺门的女子只有无知，很难有颠扑不破的天真，同由世故的熔炉里铸炼出来的热情。数十年来我们把女子关在深闺里，不给她们一个得到经验的机会，既然没有经验来锻炼，她们当然不容易有个强毅的性格，我们又来怪她们的水性杨花，说了许多混话，这真是太冤枉了。我们把无知误解作天真，不晓得从经验里突围而出的天真才是可贵的，因此上造了这九州大错，这又要怪谁呢？

没有尝过穷苦的人们是不懂得安逸的好处的，没有感到人生的寂寞的人们是不能了解爱的价值的，同样地未曾有过经验的孺子是不知道天真之可贵的。小孩子一味天真，糊糊涂涂地过日子，对于天真并未曾加以认识，所以不能做出天真的诗歌来，笨大的爸爸们尝遍了各种滋味，然后再洗涤俗虑，用锻炼过后的赤子之心来写诗歌，却做出最可喜的儿童文学，在这点上就可以看出人世的经验对于我们是最有益的东西了。老年人所以会和蔼可亲也是因为他们受过了经验的洗礼。必定要对于人世上万物万事全看淡了，然后对于一两件东西的留恋才会倍见真挚动人。宋诗里常有这种意境，欧阳永叔[①]的“棋罢不知人换世，酒阑无奈客思家”同苏长公[②]的“存亡惯见浑无泪，乡井难忘尚有心”全能够表现出这种依依的心情。虽然把人世存亡全置之度外，漠然不动于衷。但是对于客子的思家同自己的多愁仍然是有些牵情。这种怅惘的情怀是多么清新可喜，我们读起来觉得比处处留情的才子们的滥情是高明得多，这全因为他们的情绪受过了一次蒸馏。从经验里出来的天真会那么带着诗情也是为着同样的缘故。

蔼里斯[③]在他的杰作《性的心理的研究》第六卷里说道：“就说我们承认看着裸体会激动了热情，这个激动还是好的，因为它引起我们的一种良好习惯，自制。为着恐怕有些东西对

① 即欧阳修（1007—1072），字永叔，宋代著名文学家、古文运动的领袖人物。
② 即苏轼。以下所引两句见《过永乐文长老已卒》一诗。
③ 今译埃利斯。

于我们会有引诱的能力，就赶紧跑到沙漠去住，这也可说是一种可怜的道德了。我们应当知道在文化当中故意去创造出一个沙漠来包围自己，这种举动是比别的要更坏得多了。我们无法丢掉热情，即使我们有这个决心；何尔巴哈[①]说得好，理智是教人这样拣择正当的热情，教育是教人们怎样把正当的热情种植培养在人心里面。观看裸体有一个精神上的价值，那可以教我们学会去欣赏我们没有占有着的东西，这个教训是一切良好的社会生活的重要预备训练：小孩子应当学到看见花，而不想去采它；男人应当学到看见一个女人的美，而不想占有她。”我们所说的天真常是躲在沙漠里，远隔人世的引诱这类的天真。经验陶冶后的天真是见花不采，看到美丽的女人，不动枕席之念的天真。

人世是这么百怪千奇，人命是这样他生未卜，这个千载一时的看世界机会实在不容错过，绝不可误解了天真意味，把好好的人儿囚禁起来，使他草草地过了一生，并没有尝到做人的意味，而且也不懂得天真的真意了。这种活埋的办法绝非上帝造人的本意，上帝是总有一天会跟这班刽子手算账的。我们还是别当刽子手好罢，何苦手上染着女人小孩子的血呢！

---

① 今译费尔巴哈（Ludwig Andreas Feuerbach，1804—1872），德国唯物主义哲学家。

草原深处的剪花娘子 / 冯骥才

——没有市场霸权制约的艺术才是真正自由的艺术。这不就是民间艺术的魅力吗？她们不就是真正的艺术天才吗？

车子驶出呼和浩特一直向南，向南，直到车前的挡风玻璃上出现一片连绵起伏、其势凶险的山影，那便是当年晋人“走西口”去往塞外的必经之地——杀虎口。不能再往南了，否则要开进山西了，于是打轮向左，从一片广袤的大草地渐渐走进低缓的丘陵地带。草原上的丘陵实际上是些隆起的草地，一些窑洞深深嵌在这草坡下边。看到这些窑洞我激动起来，我知道一些天才的剪花娘子就藏在这片荒僻的大地深处。

这里就是出名的和林格尔。几年前，一位来自和林格尔的蒙古族人跑到天津请我为他们的剪纸之乡题字时，头一次见到这里的剪纸，尤其是一位百岁剪纸老人张笑花的作品，即刻受到一种酣畅的审美震撼，一种率真而质朴的天性的感染。为此，我们邀请和林格尔剪纸艺术的后起之秀兼学者段建珺先主持这里剪纸的田野调查，着手建立文化档案。昨天，在北京开会后，驰车到达呼和浩特的当晚，段建珺就来访，并把他在和林格尔草原上收集到的数千幅剪纸放在手推车上推进我的房间。

在民间的快乐总是不期而至。谁料到在这浩如烟海的剪纸里会撞上一位剪花娘子极其神奇、叫我眼睛一亮的作品。这位剪纸娘子不是张笑花，张笑花已于去年辞世。然而老实说，她比张笑花老人的剪纸更粗犷、更简朴，更具草原气息；特别是那种强烈的生命感及其快乐的天性一下子便把我征服。民间艺术是直观的，不需要煞费苦心地解读，它是生命之花，直率地表现着生命的情感与光鲜。我注意到，她的剪纸很少有故事性的历史内容，只在一些风俗剪纸中赋予一些寄寓；其余全是牛马羊鸡狗兔鸟鱼花树蔬果以及农家生产生活等等身边最寻常的事物。那么它们因何具有如此强大的艺术冲击力？于是这位不知名的剪花娘子像谜一样叫我去猜想。

再看，她的剪纸很特别，有点像欧洲十八十九世纪盛行的剪影。这种剪影中间很少镂空，整体性强，基本上靠着轮廓来表现事物的特征，所以欧洲的剪影多是写实的。然而，这位和林格尔的剪花娘子在轮廓上并不追求写实的准确性，而是使用夸张、写意、变形、想象，使物象生动浪漫，其妙无穷。再加上极度的简约与形式感，她的剪纸反倒有一种现代意味呢。

“她每一个图样都可以印在T恤衫或茶具上，保准特别美！”与我同来的一位从事平面设计的艺术家说。

这位剪花娘子到底是怎样一个人，她生活在文化比较开放的县城还是常看电视，不然草原上的一位妇女怎么会有如此高超的审美与现代精神？这些想法，迫使我非要去拜访这位不可思议的剪花娘子不可。

车子走着走着，便发现这位剪花娘子竟然住在草原深处的很荒凉的一片丘陵地带。她的家在一个叫羊群沟的地方。头天下过一场雨，道路泥泞，无法进去，段建珺便把她接到挨进公路的大红城乡三犋夭子村远房的妹妹家。这家也住在窑洞里，外边一道干打垒筑成的土院墙，拱形的窑洞低矮又亲切。其实，这种窑洞与山西的窑洞大同小异。不同的是，山西的窑洞是从厚厚的黄土山壁上挖出来的，草原的窑洞则是在凸起的草坡下掏出来的，自然也就没有山西的窑洞高大。可是低头往窑洞里一钻即刻有一种安全又温馨的感觉，并置身于这块土地特有的生活中。

剪花娘子一眼看去就是位健朗的乡间老太太。瘦高的身子，大手大脚，七十多岁，名叫康枝儿，山西忻州人。她和这里许多乡村妇女一样是随夫迁往或嫁到草原上来的。她的模样一看就是山西人，脸上的皮肤却给草原上常年毫无遮拦的干燥的风吹得又硬又亮。她一手剪纸是自小在山西时从她姥爷那里学来的。那是一种地道的晋地的乡土风格，然而经过半个世纪漫长的草原生涯，和林格尔独有的气质便不知不觉地潜入她手里的剪刀中。

和林格尔地处北方游牧文化与中原农耕文化的交汇处。在大草原上，无论是匈奴鲜卑还是契丹和蒙古族，都有以雕镂金属皮革为饰的传统。当迁徙到塞外的内地民族把纸质的剪纸带进草原，这里的浩瀚无涯的天地，马背上奔放剽悍的生活，伴随豪饮的炽烈的情感，不拘小节的爽直的集体性格，就渐渐地把来自中原剪纸的灵魂置换出去。但谁想到，这数百年成就了和林格尔剪纸艺术的历史过程，竟神奇地浓缩到这位剪花娘子康枝儿的身上。

她盘腿坐在炕上。手中的剪刀是平时用来裁衣剪布的，粗大沉重，足有一尺长，看上去像铆在一起的两把杀牛刀。然而这样一件“重型武器”在她手中却变得格外灵巧。一叠裁成方块状普普通通的大红纸放在身边。她想起什么或说起什么，顺手就从身边抓起一张红纸剪起来。她剪的都是她熟悉的，或是她想象的，而熟悉的也加进自己的想象。她不用笔在纸上打稿，也不熏样。所有形象好像都在纸上或剪刀中，其实是在她心里。她边剪边聊生活的闲话，也聊她手中一点点剪出的事物。当一位同来的伙伴说自己属羊，请她剪一只羊，她笑嘻嘻打趣说：“母羊呀骚胡？”眼看着一头垂着奶子、眯着小眼的母羊就从她的大剪刀中活脱脱地“走”出来。看得出来，在剪纸过程中，她最留心的是这些剪纸生命表现在轮廓上的形态、姿态和神态。她不用剪纸中最常见的锯齿纹，不刻意也不雕琢，最多用几个“月牙儿”（月牙纹），表现眼睛呀、嘴巴呀、层次呀，好给大块的纸透透气儿。她的简练达到极致，似乎像马蒂斯那样只留住生命的躯干，不要任何枝节。于是她剪刀下的生命都是原始的，本质的，结实的，充溢着张力。横亘在内蒙古草原上数百公里的远古人的阴山岩画，都是这样表现生命的。

她边聊边剪边说笑话，不多时候，剪出的各种形象已经放满她的周围。这时，一个很怪异的形象在她的笨重的剪刀中出现了。拿过一看，竟是一只大鸟，瞪着双眼向前飞，中间很大一个头，却没有身子和翅膀，只有几根粗大又柔软的羽毛有力地扇着空气，诡异又生动，好似一个强大的生命或神灵从远古飞到今天。我问她为什么剪出这样一只鸟。她却反问我：“还能咋样？”

于是她心中特有的生命精神和美感，叫我感觉到了。她没有像我们都市中的大艺术家们搜索枯肠去变形变态，刻意制造出各种怪头怪脸设法“惊世骇俗”。她的艺术生命是天生的，自然的，本质的，也是不可思议的。这生命的神奇来自于她的天性。剪花娘子们不想在市场上创造价格奇迹，更不懂得利用媒体。千古以来，一直都是把这些随手又随心剪出的活脱脱的形象贴在炕边的墙壁或窑洞的墙上，自娱或娱人。没有市场霸权制约的艺术才是真正自由的艺术。这不就是民间艺术的魅力吗？她们不就是真正的艺术天才吗？

然而，这些天才散布并埋没在大地山川之间。就像契诃夫在《草原》所写的那些无名的野草野花。它们天天创造着生命的奇迹和无尽的美，却不为人知，一代一代，默默地生长、开放与消亡。那么，到了农耕文明在历史大舞台的演出接近尾声时，我们只是等待着大幕垂落吗？在我们对她们一无所知时就忘却她们？我的车子渐渐离开这草原深处，离开这些真正默默无闻的人间天才，我心里的决定却愈来愈坚决：为这草原上的剪花娘子康枝儿印一本画册，让更多人看到她、知道她。一定！

闹市闲民 / 汪曾祺

我每天在西四倒 101 路公共汽车回甘家口。直对 101 站牌有一户人家。一间屋，一个老人。天天见面，很熟了。有时车老不来，老人就搬出一个马扎儿来：“车还得会子，坐会儿。”

屋里陈设非常简单（除了大冬天，他的门总是开着），一张小方桌，一个方杌凳，三个马扎儿，一张床，一目了然。

老人七十八岁了，看起来不像，顶多七十岁。气色很好。他经常戴一副老式的圆镜片的浅茶晶的养目镜——这副眼镜大概是他身上唯一值钱的东西。眼睛很大，一点没有浑浊，眼角有深深的鱼尾纹。跟人说话时总带着一点笑意，眼神如一个天真的孩子。上唇留了一撮疏疏的胡子，花白了。他的人中很长，唇髭不短，但是遮不住他的微厚而柔软的上唇。——相书上说人中长者多长寿，信然。他的头发也花白了，向后梳得很整齐。他常年穿一套很宽大的蓝制服，天凉时套一件黑色粗毛线的很长的背心。圆口布鞋、草绿色线袜。

从攀谈中我大概知道了他的身世。他原来在一个中学当工友，早就退休了。他有家。有老伴。儿子在石景山钢铁厂当车间主任。孙子已经上初中了。老伴跟儿子。他不愿跟他们一起过，说是："乱！"他愿意一个人。他的女儿出嫁了。外孙也大了。儿子有时进城办事，来看看他，给他带两包点心，说会子话。儿媳妇、女儿隔几个月来给他拆洗拆洗被褥。平常，他和亲属很少来往。

他的生活非常简单。早起扫扫地，扫他那间小屋，扫门前的人行道。一天三顿饭。早点是干馒头就咸菜喝白开水。中午晚上吃面。一年三百六十五天，天天如此。他不上粮店买切面，自己做。抻条，或是拨鱼儿。他的拨鱼儿真是一绝。小锅里坐上水，用一根削细了的筷子把稀面顺着碗口"赶"进锅里。他拨的鱼儿不断，一碗拨鱼儿是一根，而且粗细如一。我为看他拨鱼儿，宁可误一趟车。我跟他说："你这拨鱼儿真是个手艺！"他说："没什么，早一点把面和上，多搅搅。"我学着他的法子回家拨鱼儿，结果成了一锅面糊糊疙瘩汤。他吃的面总是一个味儿！浇炸酱。黄酱，很少一点肉沫。黄瓜丝、小萝卜，一概不要。白菜下来时，切几丝白菜，这就是"菜码儿"。他饭量不小，一顿半斤面。吃完面，喝一碗面汤（他不大喝水），涮涮碗，坐在门前的马扎儿上，抱着膝盖看街。

我有时带点新鲜菜蔬，青蛤、海蛎子、鳝鱼、冬笋、木耳菜，他总要过来看看："这是什么？"我告诉他是什么，他摇摇头："没吃过。南方人会吃。"他是不会想到吃这样的东西的。

他不种花，不养鸟，也很少遛弯儿。他的活动范围很小，除了上粮店买面，上副食店买酱，很少出门。

他一生经历了很多大事。远的不说。敌伪时期，吃混合面。傅作义。解放军进城，扭秧歌，呛呛七呛七。开国大典，放礼花。没完没了的各种运动。三年自然灾害，大家挨饿……

然而这些都与他无关，没有在他身上留下多少痕迹。他每天还是吃炸酱面，——只要粮店还有白面卖，而且北京的粮价长期稳定——坐在门口马扎儿上看街。

他平平静静，没有大喜大忧，没有烦恼，无欲望亦无追求，天然恬淡，每天只是吃抻条面、拨鱼儿，抱膝闲看，带着笑意，用孩子一样天真的眼睛。

这是一个活庄子。

注：本文略有删减。

自己的园地 / 周作人

一百五十年前，法国的福禄特尔作了一本小说《亢迭特》（*Candide*），叙述人世的苦难，嘲笑“全舌博士”的乐天哲学。亢迭特与他的老师全舌博士经了许多忧患，终于在土耳其的一角里住下，种园过活，才能得到安住。亢迭特对于全舌博士的始终不渝的乐天说，下结论道，“这些都是很好，但我们还不如去耕种自己的园地。”这句格言现在已经是“脍炙人口”，意思也很明白，不必再等我下什么注脚。但是现在把他抄来，却有一点别的意义。所谓自己的园地，本来是范围很宽，并不限定于某一种：种果蔬也罢，种药材也罢——种蔷薇地丁也罢，只要本了他个人的自觉，在他认定的不论大小的地面上，尽了力量去耕种，便都是尽了他的天职了。在这平淡无奇的说话中间，我所想要特地申明的，只是在于种蔷薇地丁也是耕种我们自己的园地，与种果蔬药材，虽是种类不同而有同一的价值。

我们自己的园地是文艺，这是要在先声明的。我并非鄙薄别种活动而不屑为——我平常承认各种活动于生活都是必要；实在是小半由于没有这种的才能，大半由于缺少这样的趣味，所以不得不在这中间定一个去就。但我对于这个选择并不后悔，并不惭愧园地的小与出产的薄弱而且似乎无用。依了自己的心的倾向，去种蔷薇地丁，这是尊重个性的正当办法，即使如别人所说各人果真应报社会的恩，我也相信已经报答了，因为社会不但需要果蔬药材，却也一样迫切地需要蔷薇与地丁——如有蔑视这些的社会，那便是白痴的，只有形体而没有精神生活的社会，我们没有去顾视他的必要。倘若用了什么名义，强迫人牺牲了个性去侍奉白痴的社会——美其名曰迎合社会心理——那简直与借了伦常之名强人忠君，借了国家之名强人战争一样的不合理了。

有人说道，据你所说，那么你所主张的文艺，一定是人生派的艺术了。泛称人生派的艺术，我当然是没有什么反对，但是普通所谓人生派是主张“为人生的艺术”的，对于这个我却略有一点意见。“为艺术的艺术”将艺术与人生分离，并且将人生附属于艺术，至于如王尔德的提倡人生之艺术化，固然不很妥当；“为人生的艺术”以艺术附属于人生，将艺术当作改造生活的工具而非终极，也何尝不把艺术与人生分离呢？

我以为艺术当然是人生的，因为他本是我们感情生活的表现，叫他怎能与人生分离？“为人生”——于人生有实利，当然也是艺术本有的一种作用，但并非唯一的职务。总之艺术是独立的，却又原来是人性的，所以既不必使他隔离人生，又不必使他服侍人生，只任他成为浑然的人生的艺术便好了。“为艺术”派以个人为艺术的工匠，“为人生”派以艺术为人生的仆役，现在却以个人为主人，表现情思而成艺术，即为其生活之一部，初不为福利他人而作，而他人接触这艺术，得到一种共鸣与感兴，使其精神生活充实而丰富，又即以为实生活的基本；这是人生的艺术的要点，有独立的艺术美与无形的功利。我所说的蔷薇地丁的种作，便是如此：有些人种花聊以消遣，有些人种花志在卖钱，真种花者以种花为其生活——而花亦未尝不美，未尝于人无益。

寂寞 / 陆蠡

当一个人独处的时候，当他孑身做长途旅行的时候，当幸福和欢乐给他一个巧妙的嘲弄，当年和月压弯了他的脊背，使他不得不躲在被遗忘的角落，度厌倦的朝暮，那时人们会体贴到一个特殊的伴侣——寂寞。

寂寞如良师，如益友，它在你失望的时候来安慰你，在你孤独的时候来陪伴你。但人们却不喜爱寂寞。如苦口的良友，人们疏离它，回避它，躲闪它。终于有一天人们会想念它，寻觅它，亲近它，甚至不愿离开它。

愿意听我说我是怎样和寂寞相习的么？

幼小的时候，我有着无知的疯狂。我追逐快乐，像猎人追赶一只美丽的小鹿。这是敏捷的东西，在获不到它的时候，它的影子是一种诱惑和试探。我要得到它，我追赶。它跑在我的面前。我追得愈紧，它跑得愈快。我越过许多障碍和困难，如同猎人越过丘山和林地，最后，在失望的草原上失去了它。

一如空手回来的猎人，我空手回来，拖着一身的疲倦。我怅惘，我懊丧，我失去了勇气，我觉得乏力。为了这得不到的快乐，我是恹恹欲病了，这时候有一个声音拂过我的耳际，像是一种安慰：

“我在这里招待你，当你空手回来的时候。”

“你是谁？”

“寂寞。”

“我还有余勇追赶另一只快乐呢。”我倔强地回答。

我可是没有追赶新的快乐。为了打发我的时间，我埋头在一些回忆上面。如同植物标本的采集者，把无名的花朵采集起来，把它压干，保存在几张薄纸中间，我采撷往事的花朵，把它保存在记忆里面。“回忆中的生活是愉快的。”我说，“我有旧的回忆代替新的快乐。”

不幸，当我认真去回忆，这些回忆又都是些不可捉摸的东西。犹如水面的波纹，一漾即灭。又如镜里的花影，待你伸手去捡拾，它的影子便被遮断消失，而你只有一只空手接触在冰冷的玻璃面上。我又失败了。“没有记忆的日子，像一本没有故事的书！”我感到空虚，是近乎一种失望。于是复有一个关切的声音向我嘤然细语：

“我在这里陪伴你，当你失去回忆的时候。”

“谁的声音？”我心中起了感谢。

“寂寞。”

我没有接近它，因为我另有念头。

我有另一个念头。我不再追赶快乐，不再搜寻记忆，我想捞获些别的人世的东西。像一个劳拙的蜘蛛，在昏晓中织起捕虫的网，我也织网了。我用感情的黏丝，织成了一个友谊的网，用来捞捉一点人世的温存。想不到给我捞住的却是意外的冷落。无由的风雨复吹破了我的经营，教我无从补缀。像风雨中的蜘蛛，我蜷伏在灰心的檐下，望着被毁的一番心机，味到一种悲凉，这又是空劳了，我和我的网！

“请接受我的安慰罢，在你空劳之后。”

这是寂寞的声音。

我仍然有几分傲岸，我没有接受它的好意。

岁月使我的年龄和责任同时长大，我长大了去四方奔走，为要寻找黄金和幸福。不，我是寻找自由和职业。我离开温暖的屋顶下，去暴露在道途上。我在路上度过许多寒暑。我孤单地登上旅途，孤单地行路，孤单地栖迟，没有一个人做伴。

世上，尽有的是行人，同路的却这般稀少！夏之晨，冬之夕，我受等待和焦盼的煎熬。我希望能有人陪伴我，和我抵掌长谈，把我的劳神和辛苦告诉他；把我的希望和志愿告诉他，让我听取他的意见，他的批评……但是无人陪伴我，于是，寂寞又来接近我说：

“请接受我的陪伴。”

如同欢迎一个老友，我伸手给它，我开始和寂寞相习了。

我和寂寞相安了。沉浮的人世中我有时也会疏离寂寞。寂寞却永远陪伴我，守护我，我不自知。几天前，我走进一间房间。这房里曾住着我的友人。我是习惯了顺手推进去的，当时并未加以注意。进去后我才意识到友人才刚离开。友人离开了，没留下辞别的话却留下一地乱纸。恍如撕碎了的记忆，这好像是情感的毁伤。

我怃然望着这堆乱纸，望着裸露的卸去装饰的墙壁，和灰尘开始积集的几凳，以及扃闭着的窗户。我有着一种奇怪的期待，我心盼会有人来敲这门，叩这窗户。我希望能够听见一个剥啄的声音。忘了一句话，忘了一件东西，回来了，我将是如何喜悦！我屏息谛听，我听见自己呼吸的声音和心脏的跳动。室内外仍是一片沉寂。过度的注意使我的神经松弛无力，我坐下来，头靠在手上，“不会来了，不会来了，”我自言自语着。

“不要忘记我。”一个低沉难辨的声音。

我握上门柄，心里有一种紧张。

“我是寂寞，让我来代替离去的友人。”

“别人都离开而你来了。愿你永远陪伴我！”

啊！情感是易变的，背信的，寂寞是忠诚的，不渝的。和寂寞相处的时候，我心里是多么坦白，光明！寂寞如一枚镜，在它的面前可以照见我自己，发现我自己。我可以在寂寞的围护中和自己对语，和另一个“我”对语，那真正的独白。

如今我不想离开它，我需要它做伴。我不是憎世者，一点点自私和矜持使我和寂寞接近。当我在酣热的场中，听到欢乐的乐曲，我有点多余的感伤，往往曲未终前便想离开，去寻找寂寞。音乐是银的，无声的音乐是金的。寂寞是无声的音乐。

寂寞是怎模样？我好像能够看到它，触摸到它，听见它。它好像没有光波的颜色，没有热的温度，和没有声浪的声音。它接近你，包围你，如水之包围鱼，使你的灵魂得在它的氛围中游泳，安息。

生命与爱 / 靳以

我抬起眼来，无数的雪白的云朵向上飞翔，我细心观望，原来是浴着朝阳的鸽群，愉悦地飞向蓝天的阔胸。

那边，和天摩挲的大树的高枝，正有小鸟快乐地叫跳着，一只小松鼠，钻到尖顶，扬着鼻子望过那一片无垠的湛蓝，便迅速地沿着树干奔下来了。那树还缠绕着青青的藤蔓，开着小蓝花，在空隙的所在还有像安放在那里的小圆菌。美丽而骄傲的牵牛，从黑夜的磨难中过来，满心都是泪，迎着初起的太阳。小草顶着一滴露水，一星光辉，昂着它们的头。土地都微微地动着，原来那下边还有不被看到的想翻到地面上来……

呵，生命是无所不在的，爱也无所不在。

我有生命，我也有爱。我有旺盛的生命，我有固执的爱情。我用我的爱情，滋育我的生命的树，使它在大地间矗立，不怕大风雨的摇撼。让它满身流着血，全是伤，只要它能托住天的一角，不使荫蔽在它下面的蒙受些微的损伤。为了他人的生命，我要生命；为了他人的爱情，我要爱情。爱使生命丰富，爱使一个生命连起又一个生命。为什么太阳从早到晚用殷切的眼热望着受难的大地？为什么绕着太阳的月亮以它的光为光转照着人间？为什么潮水如约汹涌地奔向海岸？在岩石间留下它的话语？为什么星星和流萤相互地眨着眼睛？为什么人能忘了自己？用发亮的眼睛凝望，随时都有可以奉献的生命？就是自己的生命不在，欣喜地看着他人享受生命。是这爱情使天地广大，是这爱情使日夜分明，是这爱情拯救了受难的人群，是这爱情使一颗心成为万颗心——一人的生命连起万人的生命。

如果生命没有爱情，太阳不顾恋地远去了，月亮不再有光；海水枯了，不再有波浪；土地把树掷出去，星星也四散消逝了，流萤跌在地上。人们互相恨着，像鸵鸟一样钻到岩穴里，等待着死亡。不，不，我想没有一个人甘心世界这样达到它的末日，不是为自己不到百年的生存，是为了那必须继续下去的、永不灭亡的人群。我歌颂生命，我歌颂使生命常青的爱情。我爱自己的生命，我更爱别人的生命。我不因为我那困苦的生命就加以诅咒，我用爱来洗净它的困苦，我用爱使别人的生命丰富，使别人享受他们生命的内容。

让我们同声歌唱吧，让我们同声欢呼吧，当我的力量还没有失去，我的爱情还浓重，我的生命还健壮的时候，让我的歌使太阳对大地更亲切，星月更明亮，涛声作为我的低音，萤火是照亮了我的曲谱的微光。人们不再只是无助地互望，用他们有力的臂膀，尽情地拥抱，都有了生命，都有了爱，得到了宇宙的大和谐。如果我的生命不在，就把我的爱在人间留下来。

鸟和树 / 靳以

鸟的王国该是美丽的吧，不然怎样会引起那个老雅典人的憧憬？（这是希腊的喜剧家阿里斯多芬在他的剧作《鸟》中暗示给我们的）弗朗士又说到企鹅的国度，但是在真实的世界上哪一个角落里，有这样的国家呢？治理各国家的虽然也用两只脚支持他们的体重，可是他们既不能飞，又不能唱；但是他们是万能的人类中的万能者，承受万人的膜拜和爱戴，役使万人，也使万人成为孤寡。

使人类添加一分幸福一分喜悦的，该不是人类本身的事。清晨，窗外的鸟声就把我从烦苦的梦境中抓回来了，我张大了眼睛望不到；可是我的两只耳朵，全被那高低的鸣啭充盈了。被露水洗清的高树，巨人般地站在我的窗前，使它的枝叶晃动的，该是那跳跃的，飞翔的大小的快乐的鸟呢？如果我有双羽翼，也该从窗口飞上枝头了。可惜我那喑哑低沉的音调，即使是一只鸟，也只好做一只不会歌唱的含羞的鸟。

是什么样的叫出那清越的高音，是什么样的叫得那么曲折婉转？是什么样的叫得那么短促那么急，更是什么样的叫得像猫，又像一支哀怨的洞箫？还有那快乐的，细碎的，忘却人间一切苦痛的，在为那不同的鸣叫击着轻松的拍子。以不同的心和不同的声音高啭低鸣的众鸟啊，都不过使这个世界更丰富些而已。

可是当我站到树的下面，以虔诚的心想来静聆它们的鸣叫，我的身影就使它们惊逃飞散了。这却使我看到它们华丽的羽毛，翠绿的，血红的，在蓝天的海上漂着，我极自然地心里说："山野间怎么能有这样好看的鸟！"——随即领悟到鸟对于人类的厌恶不是无端的了。

是的，人类惯于把一些樊笼和枷锁加在其他生物的身上或颈项上，只是为了自己的贪欲，所以鸟该是不爱人类的，可是它却爱树，那沉默的大树伸出枝叶去，障住了阳光，也遮住风雨，可以安置它的巢，也可以供它短暂的休憩。它站在山边，站在水旁，给远行人留下最后的深刻的影子；招致仓皇的归鸟，用残余的力量，迅速飞向枝头，它就是那么挺然地站着，那臃笨的身躯抵住风雨的摇撼，小小的鸟啊，在它的枝干间自在地跳跃。

如果我是一株树啊，我要做一株高大粗壮的树，把我的顶际插入云端，把我的枝干伸向辽远。我要看得深远，当着太阳沉下去了，我用我的全心来迎接四方八面的失巢的小鸟，要它们全都栖息在我的枝干间，要它们全能从我的身上得着一份温暖，用我的汁液作为它们的养料，我还为它们抵挡风雨的侵蚀，我想那时候它们该真心爱我了，因为我已经不是那个属于使它们厌恶的人类中的，我失去了那份自私和贪鄙，为了小鸟的幸福我情愿肩起最辛苦最沉重的担子。

第三章

忧伤，无非是低落的热情

走运时，要想到倒霉，不要得意过了头；
倒霉时，要想到走运，不必垂头丧气。
心态始终保持平衡，情绪始终保持稳定，
此亦长寿之道也。

从孩子得到的启示 / 丰子恺

晚上喝了三杯老酒，不想看书，也不想睡觉，捉一个四岁的孩子华瞻来骑在膝上，同他寻开心。我随口问："你最喜欢什么事？"

他仰起头一想，率然地回答："逃难。"

我倒有点奇怪："逃难"两字的意义，在他不会懂得，为什么偏偏选择它？倘然懂得，更不应该喜欢了。我就设法探问他：

"你晓得逃难就是什么？"

"就是爸爸、妈妈、宝姊姊、软软……娘姨，大家坐汽车，去看大轮船。"

啊！原来他的"逃难"的观念是这样的！他所见的"逃难"，是"逃难"的这一面！这真是最可喜欢的事！

一个月以前，上海还属孙传芳的时代，国民革命军将到上海的消息日紧一日，素不看报的我，这时候也订一份《时事新报》，每天早晨看一遍。有一天，我正在看昨天的旧报，等候今天的新报的时候，忽然上海方面枪炮声响了，大家惊惶失色，立刻约了邻人，扶老携幼地逃到附近的妇孺救济会里去躲避。其实倘然此地果真进了战线，或到了败兵，妇孺救济会也是不能救济的。不过当时张皇失措，有人提议这办法，大家就假定它为安全地带，逃了进去。那里面地方大，有花园、假山、小川、亭台、曲栏、长廊、花树、白鸽，孩子们一进去，登临盘桓，快乐得如入新天地了。忽然兵车在墙外过，上海方面的机关枪声、炮声，愈响愈近，又愈密了。大家坐定之后，听听，想想，方才觉得这里也不是安全地带，当初不过是自骗罢了。有决断的人先出来雇汽车逃往租界。每走出一批人，留在里面的人增一次恐慌。我们集合邻人来商议，也决定出来雇汽车，逃到杨树浦的沪江大学。于是立刻把小孩们从假山中、栏杆内捉出来，装进汽车里，飞奔杨树浦了。

所以决定逃到沪江大学者，因为一则有邻人与该校熟识，二则该校是外国人办的学校，较为安全可靠。枪炮声渐远渐弱，到听不见了的时候，我们的汽车已到沪江大学。他们安排一个房间给我们住，又为我们代办膳食。傍晚，我坐在校旁黄浦江边的青草堤上，怅望云水遥忆故居的时候，许多小孩子采花、卧草，争看无数的帆船、轮船的驶行，又是快乐得如入新天地了。

次日，我同一邻人步行到故居来探听情形的时候，青天白日的旗子已经招展在晨风中，人人面有喜色，似乎从此可庆承平了。我们就雇汽车去迎回避难的眷属，重开我们的窗户，恢复我们的生活。从此“逃难”两字就变成家人的谈话的资料。

这是“逃难”。这是多么惊慌、紧张而忧患的一种经历！然而人物一无损丧，只是一次虚惊；过后回想，这回好似全家的人突发地出门游览两天。我想假如我是预言者，晓得这是虚惊，我在逃难的时候将何等有趣！素来难得全家出游的机会，素来少有坐汽车、游览、参观的机会。那一天不论时，不论钱，浪漫地、豪爽地、痛快地举行这游历，实在是人生难得的快事！只有小孩子真果感得这快味！他们逃难回来以后，常常拿香烟簏子来叠作栏杆、小桥、汽车、轮船、帆船；常常问我关于轮船、帆船的事；墙壁上及门上又常常有有色粉笔画的轮船、帆船、亭子、石桥的壁画出现。可见这“逃难”，在他们脑中有难忘的欢乐的印象。所以今晚我无端地问华瞻最欢喜什么事，他立刻选定这“逃难”。原来他所见的，是“逃难”的这一面。

不止这一端：我们所打算、计较、争夺的洋钱，在他们看来个个是白银的浮雕的胸章；仆仆奔走的行人，扰扰攘攘的社会，在他们看来都是无目的地在游戏，在演剧；一切建设，一切现象，在他们看来都是大自然的点缀，装饰。

唉！我今晚受了这孩子的启示了：他能撤去世间事物的因

果关系的网，看见事物的本身的真相。他是创造者，能赋给生命于一切的事物。他们是“艺术”的国土的主人。唉，我要从他学习！

一九二六年

走运与倒霉 / 季羡林

走运与倒霉，表面上看起来，似乎是绝对对立的两个概念。世人无不想走运，而绝不想倒霉。

其实，这两件事是有密切联系的，互相依存的，互为因果的。说极端了，简直是一而二，二而一者也。这并不是我的发明创造。两千多年前的老子已经发现了。他说："祸兮福之所倚，福兮祸之所伏。孰知其极？其无正。"老子的"福"就是走运，他的"祸"就是倒霉。

走运有大小之别，倒霉也有大小之别，而二者往往是相通的。走的运越大，则倒的霉也越惨，二者之间成正比。中国有一句俗话说："爬得越高，跌得越重。"形象生动地说明了这种关系。

吾辈小民，过着平平常常的日子，天天忙着吃、喝、拉、撒、睡，操持着柴、米、油、盐、酱、醋、茶。有时候难免走点小运，有的是主动争取来的，有的是时来运转，好运从天上掉下来的。高兴之余，不过喝上二两二锅头，飘飘然一阵了事。但有时又难免倒点小霉，“闭门家中坐，祸从天上来”，没有人去争取倒霉的，倒霉以后，也不过心里郁闷几天，对老婆孩子发点小脾气，转瞬就过去了。

但是，历史上和眼前的那些大人物们，他们一身系天下安危，或者系一个地区、一个行当的安危。他们得意时，比如打了一个大胜仗，或者倒卖房地产、炒股票，发了一笔大财，意气风发，踌躇满志，自以为天上天下，唯我独尊。“固一世之雄也”，怎二两二锅头了得！然而一旦失败，不是自刎乌江，就是从摩天高楼跳下，“而今安在哉！”

从历史上到现在，中国知识分子有一个“特色”，这在西方国家是找不到的。中国历代的诗人、文学家，不倒霉则走不了运。司马迁在《太史公自序》中说：“昔西伯拘羑里，演《周易》；孔子厄陈蔡，作《春秋》；屈原放逐，著《离骚》；左丘失明，厥有《国语》；孙子膑脚，而论兵法；不韦迁蜀，世传《吕览》；韩非囚秦，《说难》《孤愤》；《诗》三百篇，大抵贤圣发愤之所为作也。”司马迁算的这个总账，后来并没有改变。汉以后所有的文学大家，都是在倒霉之后，才写出了震古烁今的杰作。像韩愈、苏轼、李清照、李后主等等一批人，莫不皆然。从来没有过状元宰相成为大文学家的。

了解了这一番道理之后，有什么意义呢？我认为，意义是重大的。它能够让我们头脑清醒，理解祸福的辩证关系；走运时，要想到倒霉，不要得意过了头；倒霉时，要想到走运，不必垂头丧气。心态始终保持平衡，情绪始终保持稳定，此亦长寿之道也。

泪与笑 / 梁遇春

匆匆过了二十多年，我自然也是常常哭，常常笑，别人的啼笑也看过无数回了。可是我生平不怕看见泪，自己的热泪也好，别人的呜咽也好；对于几种笑我却会惊心动魄，吓得连呼吸都不敢大声，这些怪异的笑声，有时还是我亲口发出的。当一位极亲密的朋友忽然说出一句冷酷无情冰一般的冷话来，而且他自己还不知道他说的会使人心寒，这时候我们只好哈哈哈莫名其妙地笑了。因为若使不笑，叫我们怎么样好呢？我们这个强笑或者是出于看到他真正的性格（他这句冷语所显露的）和我们先前所认为的他的性格的矛盾，或者是我们要勉强这么一笑来表示我们是不会被他的话所震动，我们自己另有一个超乎一切的生活，他的话是不能损坏我们于毫发的，或者……但是那时节我们只觉得不好不这么大笑一声，所以才笑，实在也没有闲暇去仔细分析自己了。当我们心里有说不出的苦痛缠着，正要向人细诉，那时我们平时尊敬的人却用个极无聊的理由

（甚至于最卑鄙的）来解释我们这穿过心灵的悲哀，看到这深深一层的隔膜，我们除开无聊赖地破涕为笑，还有什么别的办法吗？有时候我们倒霉起来，整天从早到晚做的事没有一件不是失败的，到晚上疲累非常，懊恼万分，悔也不是，哭也不是，也只好咽下眼泪，空心地笑着。我们一生忙碌，把不可再得的光阴消磨在马蹄轮铁，以及无谓敷衍之间，整天打算，可是自己不晓得为什么这么费心机，为了要活着用尽苦心来延长这生命，却又不觉得活着到底有何好处，自己并没有享受生活过，总之黑漆一团活着。夜阑人静，回头一想，哪能够不吃吃地笑，笑时感到无限的生的悲哀。就说我们淡于生死了，对于现世界的厌烦同人事的憎恶还会像毒蛇般蜿蜒走到面前，缠着身上，我们真可说倦于一切，可惜我们也没有爱恋上死神，觉得也不值得花那么大劲去求死，在此不生不死心境里，只见伤感重重来袭，偶然挣些力气，来叹几口气，叹完气免不了失笑，那笑是多么酸苦的。这几种笑声发自我们的口里，自己听到，心中生个不可言喻的恐怖，或者又引起另一个鬼似的狞笑。若使是由他人口里传出，只要我们探讨出他们的源泉，我们也会惺惺惜惺惺而心酸，同时害怕得全身打战。此外失望人的傻笑，下头人挨了骂对于主子的赔笑，趾高气扬的热官对于贫贱故交的冷笑，老处女在他人结婚席上所呈的干笑，生离永别时节的苦笑——这些笑全是“自然”跟我们为难，把我们弄得没有办法，我们承认失败了的表现，是我们心灵的堡垒下面刺目的降幡。莎士比亚的妙句“对着悲哀微笑”（smiling at grief）说尽此中的苦况。拜伦在他的杰作 *Don Juan*[①] 里有两句：

Of all tales' tis the saddest—and more sad,
Because it makes us smile.[②]

这两句是我愁闷无聊时所喜欢反复吟诵的，因为真能传出“笑”的悲剧的情调。

泪却是肯定人生的表示。因为生活是可留恋的，过去是春天的日子，所以才有伤逝的清泪。若使生活本身就不值得我们的一顾，我们哪里会有惋惜的情怀呢？当一个中年妇女死了丈夫时候，她号啕地大哭，她想到她儿子这么早失去了父亲，没有人指导，免不了伤心流泪，可是她隐隐地对于这个儿子有无穷的慈爱同希望。她的儿子又死了，她或者会一声不作地料理丧事，或者发疯狂笑起来，因为她已厌倦于人生，她微弱的心已经麻木死了。我每回看到人们的流泪，不管是失恋的刺痛，或者丧亲的悲哀，我总觉人世真是值得一活的。眼泪真是人生的甘露。当我是小孩时候，常常觉得心里有说不出的难过，故

① 即《唐璜》。
② 译为：在所有故事中它是最可悲的——而且还要可悲，因为它让我们微笑。

意去臆造些伤心事情，想到有味时候，有时会不觉流下泪来，那时就感到说不出的快乐。现在却再寻不到这种无根的泪痕了。哪个有心人不爱看悲剧，亚里士多德所说的净化的确不错。我们精神所纠结郁积的悲痛随着台上的凄惨情节发出来，哭泣之后我们有形容不出的快感，好似精神上吸到新鲜空气一样，我们的心灵忽然间呈非常健康的状态。Gogol[①] 的著作人们都说是笑里有泪，实在正是因为后面有看不见的泪，所以他的小说会那么诙谐百出，对于生活处处有回甘的快乐。中国的诗词说高兴赏心的事总不大感人，谈愁语恨却是易工，也由于那些怨词悲调是泪的结晶，有时会逗我们洒些同情的泪。所以亡国的李后主，感伤的李义山始终是我们爱读的作家。天下最爱哭的人莫过于怀春的少女同情海中翻身的青年，可是他们的生活是最有力，色彩最浓，最不虚过的生活。人到老了，生活力渐渐消磨尽了，泪泉也干了，剩下的只是无可无不可那种行将就木的心境和好像慈祥实在是生的疲劳所产生的微笑——我所怕的微笑。十八世纪初期浪漫派诗人格雷在他的 *On a Distant Prospect of Eton College*[②] 里说：

流下也就忘记了的泪珠，

---

① 果戈里，俄国作家。
② 即《远见依顿学院》。

那是照耀心胸的阳光。

The tear forgot as soon as shed,

The sunshine of the breast.

这些热泪只有青年才会有，它是同青春的幻梦同时消灭的，泪尽了，个个人心里都像苏东坡所说的“存亡惯见浑无泪”那样的冷淡了，坟墓的影已染着我们的残年。

空信箱 / 冯骥才

我的信箱挂在大门上，门板掏个长形的洞，信打外边塞进来。只要听邮递员“叮叮”一拨车铃，马上跑去打开，一封信悄然沉静地立在箱子里。天蓝色的信封像一块天空，褐色的牛皮纸信封像一片泥板，沉甸甸。扯开信时的心情总是急渴渴，不知里边装着的是意外是倾诉是愁苦是体贴是欢愉是求助，或是火一样的恋情烟一样的思绪带子一样扯不断的思念。天南地北，海角天涯，朋友们的行踪消息全靠它了。

有时等信等得好苦，一天几次去打开它，总以为错过邮递员的铃，打开却是空的。我最怕它空空洞洞冷冷清清的样子。我的院墙高，门也高，阳光跨不进来，外边世界的兴衰枯荣常常由它告我；打开信箱，里边有时几团柳絮几片落花几个干卷的叶子，还有洁白的雪、深暗的雨点。它们是从投信孔钻进来的。有时随着开门的气流，几朵蒲公英的种子“噗”地毛茸茸地扑在脸上，然后飘飘摇摇飞升，在高高的阳光里闪着，有如银羽。目光便随它投向淡淡的天、亮的云。春天也到达我塞外朋友那里了吧，我陷入一片温馨的痴想……

它是拿几块木板草草钉上的，没涂漆，日晒雨淋，到处开裂，但没有任何箱子比它盛得更多。

它是我生活的一部分，也就是我心的一部分。

用心生活是累人的，但唯此才幸福。

大灾难把我这部分扯去。信箱的门儿叫一个无知的孩子掰掉。箱子的四边像个方木框残留那里。一连几个月等不到邮递员铃的召唤，朋友们的命运都会碰到什么？

我这才懂得，心不相连人极远。

它空在那儿，似乎比我还空。

可是……奇迹出现了。一天天暮，夕阳打投信孔照进来。我的院子头一次有了阳光。它先是在长条形洞孔处迷蒙灿烂地流连了一会儿，便落到墙角，向着最暗最潮最阴冷的地方，把满地青苔照得鲜碧如洗，好像一片雨后的草原，极美。随后这光就沿着墙根一条砖一条砖往上爬，直爬到第五条砖，停住，几只蚂蚁也停在那里默默享受这世界最后的暖意和光明。不知不觉这光变得渐细渐淡直到无声无息地熄灭。整个信箱变成一块方形的黑影。盯着它看，就会一直走进空无一物的宇宙。

蜘蛛开始在信箱里拉网了，上下左右，横来斜去，它们何以这样放胆在这儿安家？天一凉，秋叶钻进来，落在蛛网上。

金色的船，银色的渔网，一层网一层船，原来寂寞也会创造诗。诗人从来不会创造寂寞。

忽然一天，“叮叮”，我心一亮，邮递员，信！

跑出去，远远就见白白的一封信稳稳竖在箱中。过去一捏，厚厚的，千言万语，一个几次梦到的朋友寄来的。一拿，却有股微微的力往回扯，是黏黏带点韧劲的蛛丝。再拉，蛛丝没断却被拉得又长又直，极亮，还微微抖颤，上边船形的黄叶子在一斜一直、一直一斜间来回扭动。一如五线谱上甜蜜的旋律……

昨夜，我忽然梦到这许久以前的情景，一条条长长的亮闪闪的蛛丝，来回扭动的黄叶子，我梦得好逼真，连拉蛛丝时的那股子韧劲都感觉到了。心里有点奇怪，可我断言这是我有生以来最美的一个梦境。

雨的感想 / 周作人

今年夏秋之间北京的雨下得不大多，虽然在田地里并不旱干，城市中也不怎么苦雨，这是很好的事。北京一年间的雨量本来颇少，可是下得很有点特别，他把全年份的三分之二强在六七八月中间落了，而七月的雨又几乎要占这三个月份总数的一半。照这个情形说来，夏秋的苦雨是很难免的。在民国十三年和二十六年，院子里的雨水上了阶沿，进到西书房里去，证实了我的苦雨斋的名称，这都是在七月中下旬，那种雨势与雨声想起来也还是很讨嫌，因此对于北京的雨我没有什么好感，像今年的雨量不多，虽是小事，但在我看来自然是很可感谢的了。

不过讲到雨，也不是可以一口抹杀，以为一定是可嫌恶的。这须得分别言之，与其说时令，还不如说要看地方而定。在有些地方，雨并不可嫌恶，即使不必说是可喜。囫囵的说一句南方，恐怕不能得要领，我想不如具体的说明，在到处有河流，满街是石板路的地方，雨是不觉得讨厌的，那里即使会涨大水，成水灾，也总不至于使人有苦雨之感。我的故乡在浙东的绍兴，便是这样的一个好例。在城里，每条路差不多有一条小河平行着，其结果是街道上桥很多，交通利用大小船只，民间饮食洗濯依赖河水，大家才有自用井，蓄雨水为饮料。河岸大抵高四五尺，下雨虽多尽可容纳，只有上游水发，而闸门淤塞，下流不通，成为水灾，但也是田野乡村多受其害，城里河水是不至于上岸的。因此住在城里的人遇见长雨，也总不必担心水会灌进屋子里来，因为雨水都流入河里，河固然不会得满，而水能一直流去，不至停住在院子或街上者，则又全是石板路的关系。我们不曾听说有下水沟渠的名称，但是石板路的构造仿佛是包含有下水计划在内的，大概石板底下都用石条架着，无论多少雨水全由石缝流下，一总到河里去。人家里边的通路以及院子即所谓明堂也无不是石板，室内才用大方砖砌地，俗名曰地平。在老家里有一个长方的院子，承受南北两面楼房的雨水，即使下到四十八小时以上，也不见他停留一寸半寸的水，现在想起来觉得很是特别。秋季长雨的时候，睡在一间小楼上或是书房内，整夜的听雨声不绝，固然是一种喧嚣，却也可以说是一种肃寂，或者感觉好玩也无不可，总之不会得使人忧虑的。吾家濂溪先生有一首夜雨书窗的诗云：

秋风扫暑尽，半夜雨淋漓。

绕屋是芭蕉，一枕万响围。

恰似钓鱼船，篷底睡觉时。

这诗里所写的不是浙东的事，但是情景大抵近似，总之说是南方的夜雨是可以的吧。在这里便很有一种情趣，觉得在书室听雨如睡钓鱼船中，倒是很好玩似的。大雨无论久暂，道路不会泥泞，院落不会积水，用不着什么忧虑，所有的唯一的忧虑只是怕漏。大雨急雨从瓦缝中倒灌而入，长雨则瓦都湿透了，可以浸润缘入，若屋顶破损，更不必说，所以雨中搬动面盆水桶，罗列满地，承接屋漏，是常见的事。民间故事说不怕老虎只怕漏，生出偷儿和老虎猴子的纠纷来，日本也有虎狼古屋漏的传说，可见此怕漏的心理分布得很是广远也。

下雨与交通不便本是很相关的，但在上边所说的地方也并不一定如此。一般交通既然多用船只，下雨时照样的可以行驶，不过篷窗不能推开，坐船的人看不到山水村庄的景色，或者未免气闷，但是闭窗坐听急雨打篷，如周濂溪所说，也未始不是有趣味的事。再是舟子，他无论遇见如何的雨和雪，总只是一蓑一笠，站在后艄摇他的橹，这不要说什么诗味画趣，却是看去总毫不难看，只觉得辛劳质朴，没有车夫的那种拖泥带水之感。还有一层，雨中水行同平常一样的平稳，不会像陆行的多危险，因为河水固然一时不能骤增，即使增涨了，如俗语所云，水涨船高，别无什么害处，其唯一可能的影响乃是桥门低了，大船难以通行，若是一人两桨的小船，还是往来自如。水行的危险盖在于遇风，春夏间往往于晴明的午后陡起风暴，中小船只在河港阔大处，又值舟子缺少经验，易于失事，若是雨则一点都不要紧也。坐船以外的交通方法还有步行。雨中步行，在一般人想来总很是困难的吧，至少也不大愉快。在铺着石板路的地方，这情形略有不同。因为是石板路的缘故，既不积水，亦不泥泞，行路困难已经几乎没有，余下的事只须防湿便好，这有雨具就可济事了。从前的人出门必带钉鞋雨伞，即是为此，只要有了雨具，又有脚力，在雨中要走多少里都可随意，反正地面都是石板，城坊无须说了，就是乡村间其通行大道至少有一块石板宽的路可走，除非走入小路岔道，并没有泥泞难行的地方。本来防湿的方法最好是不怕湿，赤脚穿草鞋，无往不便利平安，可是上策总难实行，常人还只好穿上钉鞋，撑了雨伞，然后安心的走到雨中去。我有过好多回这样的在大雨中间行走，到大街里去买吃食的东西，往返就要花两小时的工夫，一点都不觉得有什么困难。最讨厌的还是夏天的阵雨，出去时大雨如注，石板上一片流水，很高的钉鞋齿踏在上边，有如低板桥一般，倒也颇有意思，可是不久云收雨散，石板上的水经太阳一晒，随即干涸，我们走回来时把钉鞋踹在石板路上“嘎啷嘎啷”

的响，自己也觉得怪寒碜的，街头的野孩子见了又要起哄，说是旱地乌龟来了。这是夏日雨中出门的人常有的经验，或者可以说是关于钉鞋雨伞的一件顶不愉快的事情吧。

以上是我对于雨的感想，因了今年北京夏天不下大雨而引起来的。但是我所说的地方的情形也还是民国初年的事，现今一定很有变更，至少路上石板未必保存得住，大抵已改成蹩脚的马路了吧。那么雨中步行的事便有点不行了，假如河中还可以行船，屋下水沟没有闭塞，在篷底窗下可以平安的听雨，那就已经是很可喜幸的了。

民国甲申（1944 年），八月处暑节。

春的欢悦与感伤 / 夏丏尊

四季之中，向推“春秋多佳日”，而春尤为人所礼赞。自古就有许多颂扬春的话，春未到先要迎盼，春一去不免依恋。春继冬而至，使人从严寒转入温暖，且为万物萌动的季节。在原始时代，人类的活动与食物都从春开始获得，男女配偶也都在春完成。就自然状态说，春确是值得欢迎的。

可是自然与人事并不一定调和，自古文辞中于“惜春”“迎春”等类题材以外，还有“伤春”“春怨”等类的题目。“闺中少妇不知愁，春日凝妆上翠楼。忽见陌头杨柳色，悔教夫婿觅封侯。”这是唐人王昌龄的诗；“三分春色二分愁，更一分风雨。”这是宋人叶清臣的词：都是写春的感伤的。其感伤的原因，全在人事之不如意。社会愈复杂，人事上的不如意愈多，结果对于季节的欢悦的事情减少，感伤的事情加多。这情形正像贫家小孩盼新年快到，而做父母的因债务关系想到过年就害怕。

我每年也曾无意识地以传统的情怀，从冬天盼望春光早些来到。可是真从春天得到春的欢悦的，有生以来，除未经世故的儿时外，可以说并没有几次。譬如说吧，此刻正是三月十三日的夜半，真是所谓春宵了，我却不曾感到春宵的欢喜。一家之中轮番地患着春季特有的流行性感冒，我在灯下执笔写字，差不多每隔一二分钟要听到妻女们的呻吟和干咳一次。邻家收音机和麻雀牌的喧扰声阵阵地刺入我的耳朵，尤使我头痛。至于日来受到事务上、经济上的烦闷，且不去说它。

都市中没有“燕子”，也没有“垂杨”，局促在都市中的人，是难得见到春日的景物的。前几天吃到油菜心和马兰头的时候，我不禁起了怀乡之念，想起故乡的春日的光景来。我所想的只是故乡的自然界，园中菜花已发黄金色了吧，燕子已回来了吧，窗前的老梅花已结子如豆了吧，杜鹃已红遍了屋后的山上了吧……只想着这些，怕去想到人事。因为乡村的凋敝我是知道的，故乡人们的困苦情形我知道得更详细。

宋人张演《社日村居》诗云：“鹅湖山下稻粱肥，豚栅鸡栖对掩扉。桑柘影斜春社散，家家扶得醉人归。”这首诗中所写的只是乡村春景的一角，原没有什么大不了的，可是和现在的乡间情形比较起来，已好像是羲皇以前的事了。

春到人间，据日历上所记已好久了，但是春在哪里呢？有人说“在杨柳梢头”，又有人说“在油菜花间”，也许是的吧，至于我们一般人的身上，是不大有人能找得到的。

灵感忽至 / 冯骥才

凌晨时分被一种莫名的不安扰醒，这不安可不是什么焦虑与担心，而是有种兴致在暗暗鼓动，缘何有此兴奋我并不知道。随后想到今天是元月元日。这一日像时间的领头羊，带着一大群时光充裕的日子找我来了。

妻子还在睡觉，房间光线不明。我披衣走到书房。平日随手堆满了书房的纸页和图书在迷离的晨色里充满了温暖和诗意。这里是我安顿灵魂的地方。我的巢不是用树枝搭起来而是用写满了字的纸和书码起来的。我从中抽出一页素纸，要为今天写些什么。待拿起笔，坐了良久，心中却一片茫然。一时人像浮在无际无涯的半空中，飘飘忽忽，空空荡荡。我便放下笔，知道此时我虽有情绪，却无灵感。

写作是靠灵感启动的。那么灵感是什么？它在哪里？它怎么到来？不知道。似乎它想来就来，不请自来，但有时求也不来，甚至很久也不露一面，好似远在天外，冷漠又悭吝；没有灵感的艺术家心如荒漠，几近呆滞。我起身打开音乐。我从不在没有心灵欲望时还赖在桌前。如果毫无灵感地坐在这里，会渐渐感觉自己江郎才尽，那就太可怕了。

音响里散放出的歌是前几年从俄罗斯带回来的，一位当下正红的女歌手的作品集。俄罗斯最时尚的歌曲的骨子里也还是他们固有的气质，浑厚而忧伤。忧伤的音乐最容易进入心底，撩动起过往的岁月积存在那里的抹不去的情感。很快，我就陷入这种情绪里。这时，忽见画案那边有一块金黄色的光。它很小，静谧，神秘。它是初升的太阳照在对面大楼的玻璃幕墙反射下来，落在画案那边什么地方。此刻书房内的夜色还未褪尽，在灰蒙蒙、晦暗的氤氲里，这块光像一扇远远亮着灯的小窗。也许受到那忧伤歌声的感染，这块光使我想起四十年间蛰居市廛中那间小屋，还有炒锅里的菜叶、破烂的家什、混合在寒冷的空气中烧煤的气味、妻子无奈的眼神……然而在那冰天雪地时代，唯有家里的灯光才是最温暖的。于是此刻这块小小的光亮变得温情了。我不禁走到画案前铺上宣纸，拿起颤动的笔蘸着黄色和一点点朱红，将这扇明亮的小窗子抹在纸上。随即是那扰着风雪的低矮的小屋。一大片被冷风摇曳着的老槐树在屋顶上空横斜万状，说不清那些苍劲的枝丫是在抗争还是兀自地挣扎。在通幅重重叠叠黑影的对比下，我这亮灯的小屋反倒显得更加温馨与安全。我说过，家是世界上最不必设防的地方。

记得有一年，特大的雪下了一夜，我的矮屋门槛太低，早晨推不开门，门外挡着的积雪足足有两尺厚。我从这小窗户跳出去，用木板推开门外的雪才把门打开。当时我们从家里走出来，站在清冽的冻耳朵的空气里，多么像雪后从洞里钻出来的野兔……于是我把矮屋前大块没有落墨的纸当作白雪。我用淡淡的水墨渲染地上厚厚而柔软的白雪时，还得记起那时常有的一种盼望——有朋友来串门和敲门。支撑我们走过困境与苦难的不是人间种种的情与义吗？我便用笔在雪地上点出一串深深的脚窝渐渐通进我的小屋。这小屋的灯光顿时更亮，黄色的光影还透射到窗外的雪地上。

没想到，就这样一幅画出来了。温情又伤感，孤寂又温馨。画中的一切都是我心底的景象。我写过这样一句话：“人为了看见自己的内心才画画。”而心中的画多半是它们自己冒出来的。这是一种长久的日积月累，等待着有朝一日的升华；就像冬日大地上的万物，等待着春风吹来，一切复活；又如高高一堆干枝枯柴，等待着一个飞来的火种。这意外出现的火种就是灵感。

灵感带来突然之间的发现、突破、超越与升腾。它是上天的赐予。是上天对艺术家的心灵之吻。是对一切生命创造的发端与启动。那么我们只有束手等待它吗？当然不是。正如无上的爱总是属于对它苦苦的追求者的。在你找它时，它一定也在找你。当然它不一定在你规定的时间和地点到来。就像我在书房原本是想写点什么，灵感没有来，可是谁料它竟然化作一块灵性的光降临到我的画案上？它没有进入我的钢笔，却钻进我的毛笔。

记得前些年访问挪威时，中国作协请我写一幅字赠送给挪威作家协会。我只写了两个字：笔顺。挪威的作家朋友不明其意。我解释道："这是中国古代文人间相互的祝词。笔顺就是写作思路顺畅，没有障碍的意思。"对方想了想，点点头，似乎还没弄明白我写这两个字的含义。中国的文字和文化真是很深，对外交流时首先要把自己解释明白。我又换了一种说法解释道："就是祝你们写作时常常有灵感。"他听了马上咧开嘴，很高兴地谢谢我，也祝我常有灵感。看来灵感对于全球的艺术家都是"救世主"了。

新年初至，灵感即降临我的书房画室，这于我可是个好兆头。当然我明白，只要我守住自己的信仰与追求及其所爱，灵感会不时来吻一吻我的脑门。

有钱最好 / 老舍

既是苦命人，到处都得受罪。穷大奶奶逛青岛，受洋罪；我也正受着这种洋罪。

青岛的青山绿水是给诗人预备的，我不是诗人。青岛的洋楼汽车是给阔人预备的，我有时候袋里剩三个子儿。享受既然无缘，只好放在一边，单表受罪。

第一先得说房。大小不拘，这里的房全是洋式。由房东那方面看，租钱不算多；由住房儿的看，像我这样的人，简直一月月的干给房钱赶网。吃也不算贵，喝也不算贵；房没有贱的。房既然贵，自然住不起一整所儿，所以大多数的楼房是分租的，一层儿两三间房租给一家。住楼上的呢，得上下跑腿；而且费煤，因为高处得风，墙又不厚。住楼下的，自然省了脚，也比较的暖一点，可是乐不抵苦。您别看大家都洋服啷当儿的，讲到公德心，青岛的人并不比别处的文明。楼的建筑根本是二五八，楼板也就是一寸来厚，而楼上的人们，绝不会想到楼下还有人。希望大家铺地毯，未免所求过奢；能垫上点席子的便很难得。要赶上楼上有那么七八个孩子，那就蛤蟆垫桌腿儿，死挨。人家能把楼板跺得老忽闪忽闪地动，时时有塌下来的可能。自然没人能管住小孩不走不跳，可是能够做到的也没人做。比如说椅子腿上包点布，或者不准小孩拉椅子，这很容易办吧？哼，没那回事。你莫名其妙楼上怎会有那么多椅子，更不知道为什么老在那儿拉。你晓得楼上拉椅子多么难听，它钻脑子，叫人想马上自杀。可是谁叫你住楼下呢！你乘早不用去请求，住楼上的理直气壮。“哟，我们的孩子会闹？那可奇怪！拉椅子？我们的小孩可就是喜欢拉椅子玩。在楼上踢毽？可不是，小孩还能不玩？”楼上的人都这么和气而且近情近理。你只有一条路，搬家。

搬吧，都调查好了，同楼的小孩少，大人也规矩，你很喜欢。搬过去一看，院里有八条狗！青岛是带洋派的地方，讲究养狗。可是养狗的人想不起去遛遛它们，狗屎全摆在院中。狗名儿都是洋的，什么济美、什么邦走；敢情洋名的狗拉洋屎，也是臭的。济美们还叫呢，要赶上你要睡会儿觉，或是孩子刚睡着，人家才叫得凶呢。

还得搬哪！这回可好，没有小孩，也没有狗。早晨七点来钟，人家唱上了。青岛的京戏最时兴。早晨唱过了，那敢情不过是喊喊嗓子。大轴子是在晚上，胡琴拉着，生末净旦丑俱全，唱开了没头儿。唱得好听的自然不是没有味；叫人想自杀的也不少。你怎办？还得搬家。

搬一回家，要安一回灯，挂一回帘子，洋房吗。搬一回家，要到公司报一回灯，报一回水，洋派吗。搬一回家，要损失一些东西，损失一些钱，洋罪吗。

好房子有哇，也得住得起呀。算了吧，房子够了。

带洋字的，还就是洋车好，干净，雨布风帘也齐全；可就是贵。一上车就是一毛钱，稍微远那么一点就得两毛。我的办法是不坐。这有点对不起“车友”们，可是有什么办法呢？自行车也不好骑，净是山路，坡得要命。最好是坐汽车，其次就是走，据我看。汽车呢，连那个喇叭咱也买不起；即使勉强地买个喇叭，不是还得自己走路；干脆，咱走就是了。青岛的空气却是不坏，可惜脚受点委屈！

关于食，没有什么可说的。饭馆子不少，中菜西菜都有。价钱都可以的，所以咱还是消极抵抗，不吃。自己家里做菜倒不贵，鱼虾现成，而且新鲜。别的肉类菜蔬也说不上贵来；吃饱了拉倒，这倒好办。馋了呢？活该！

穿，随便。青年人多数穿洋服，也很有些穿得很讲究的。咱向来不讲究穿，给它个不在乎。这占了已结婚的便宜。设若正在“追求”期间，我想我也得多一份洋罪。不穿洋服，可是我天天刮胡子，这一来是要洋派，二来表示我并不完全不怕太太。完全不怕太太的人不易发财，真的！

说到了玩，此地没有什么游艺场。此地根本是个避暑的所在，成年价在这儿住，当然是别扭。京戏偶尔来几个名角，戏价总要两三块，咱犯不上去。平日呢，老有蹦蹦戏，听着又不过瘾。电影院有几处，夏天才来好片子；冬天只是对付事儿，我假装地避宿，赶到惊蛰再去，也还不迟。公园真好，道路真好，海岸真好，遇上晴天我便去走，既不用花钱，而且接近了自然。在别方面受的罪，由这个享受补过来，这叫作穷欢喜。

总起来说，青岛不是个坏地方，官员们也真卖力气建设。所谓洋罪，是我的毛病，穷。假若我一旦发了财，我必定很喜欢这里。等着吧，反正咱不能穷一辈子。

“春朝”一刻值千金 / 梁遇春
——懒惰汉的懒惰想头之一

十年来，求师访友，足迹走遍天涯，回想起来给我最大益处的却是“迟起”，因为我现在脑子里所有些聪明的想头，灵活的意思多半是早上懒洋洋地赖在床上想出来的。我真应该写几句话赞美它一番，同时还可以告诉有志的人们一点迟起艺术的门径。谈起艺术，我虽然是门外汉，不过对于迟起这门艺术倒可说是一位行家，因为我既具有明察秋毫的批评能力，又带了甘苦备尝的实践精神。我天天总是在可能范围之内，尽量地滞在床上——那是我们的神庙——看着射在被上的日光，暗笑四围人们无谓的匆忙，回味前夜的痴梦——那是比做梦还有意思的事，——细想迟起的好处，唯我独尊地躺着，东倒西倾的小房立刻变作一座快乐的皇宫。

诗人画家为着要追求自己的幻梦，实现自己的痴愿，宁可牺牲一切物质的快乐，受尽亲朋的诟骂，他们从艺术里能够得到无穷的安慰，那是他们真实的世界，外面的世界对于他们反变成一个空虚。迟起艺术家也具有同等的精神。区区虽然不是一个迟起大师，但是对于本行艺术的确有无限的热忱——艺术家的狂热。所以让我拿自己做个例子罢。当我是个小孩时候，我的生活由家庭替我安排，毫无艺术的自觉，早上六点就起来了。后来到北方念书去，北方的天气是培养迟起最好的沃土，许多同学又都是程度很高的迟起艺术专家，于是绝好的环境同朋辈的切磋使我领略到迟起的深味，我的忠于艺术的热度也一天一天地增高。暑假年假回家时期，总在全家人吃完了早饭之后，我才敢动起床的念头。老父常常对我说清晨新鲜空气的好处，母亲有时提到重温稀饭的麻烦，慈爱的祖母也屡次向我姑母说“早起三日当一工”（我的姑母老是起得很早的），我虽然万分不愿意失丢大人们的欢心，但是为着忠于艺术的缘故，居然甘心得罪老人家。后来老人家知道我是无可救药的，反动了怜惜的心肠，他们早上九点钟时候走过我的房门前还是用着足尖；人们温情地放纵我们的弱点是最容易刺动我们麻木的良心，但是我总舍不得违弃了心爱的艺术，所以还是懊悔地照样地高卧。在大学里，有几位道貌岸然的教授对于迟到学生总是白眼相待，我不幸得很，老做他们白眼的鹄的，也曾好几次下个决心早起，免得一进教室的门，就受两句冷讽，可是一年一年地过去，我足足受了四年的白眼待遇，里头的苦处是别人想不出来的。有一年寒假住在亲戚家里，他们晚饭的时间是很早的，所以一醒来，腹里就咕隆地响着，我却按下饥肠，故意想出许多有趣事情，使自己忘却了肚饿，有时饿出汗来，还是坚持着非到十时是不起来的。对于艺术我是多么忠实，情愿牺牲。枵腹作诗的爱伦·坡，真可说是我的同志。后来入世谋生，自然会忽略了艺术的追求；不过我还是尽量地保留一向的热诚，虽然已经是够堕落了。想起我个人因为迟起所受的许多说不出的苦痛，我深深相信迟起是一门艺术，因为只有艺术才会这样带累人，也只有艺术家才肯这样不变初衷地往前牺牲一切。

但是从迟起我也得到不少的安慰，总够补偿我种种的苦痛。迟起给我最大的好处是我没有一天不是很快乐地开头的。我天天起来总是心满意足的，觉得我们住的世界无日不是春天，无处不是乐园。当我神怡气舒地躺着时候，我常常记起勃朗宁的诗："上帝在上，万物各得其所。"（鱼游水底，鸟栖树枝，我卧床上。）人生是短促的，可是若使我们有过光荣的青春，我们的一生就不能算是虚度，我们的残年很可以傍着火炉，晒着太阳在回忆里过日子。同样地一天的光阴是很短促的，可是若使我们有过光荣的早上（一半时间花在床上的早晨），我们这一天就不能说是白丢了，我们其余时间可以用在追忆清早的幸福，我们青年时期若使是欢欣的结晶，我们的余生一定不会很凄凉的，青春的快乐是有影子留下的，那影子好似带了魔力，惨淡的老年给它一照，也呈出和蔼慈祥的光辉。我们一天里也是一样的，人们不是常说：一件事情好好地开头，就是已经成功一半了；那么赏心悦意的早晨是一天快乐的先导。迟起不单是使我天天快活地开头，还叫我们每夜高兴地结束这个日子；我们夜夜去睡时候，心里就预料到明早迟起的快乐——预料中的快乐是比当时的享受，味还长得多——这样子我们一天的始终都是给生机活泼的快乐空气围住，这个可爱的景象却是迟起一手做成的。

迟起不仅是能够给我们这甜蜜的空气，它还能够打破我们结结实实的苦闷。人生最大的愁忧是生活的单调。悲剧是很热闹的，怪有趣的，只有那不生不死的机械式生活才是最无聊赖的。迟起真是唯一的救济方法。你若使感到生活的沉闷，那么请你多睡半点钟（最好是一点钟），你起来一定觉得许多要干的事情没有时间做了，那么是非忙不可——“忙”是进到快乐宫的金钥，尤其那自己找来的忙碌。忙是人们体力发泄最好的法子，亚里士多德不是说过人的快乐是生于能力变成效率的畅适。我常常在办公时间五分钟以前起床，那时候洗脸拭牙进早餐，都要限最快的速度完成，全变做最浪漫的举动，当牙膏四溅，脸水横飞，一手拿着头梳，对着镜子，一面吃面包时节，谁会说人生是没有趣味呢？而且当时只怕过了时间，心中充满了冒险的情绪。这些暗地晓得不碍事的冒险兴奋是顶可爱的东西，尤其是对于我们这班不敢真真履险的懦夫。我喜欢北方的狂风，因为当我们衔着黄沙往前进的时候，我们仿佛是斩将先登，冲锋陷阵的健儿，跟自然的大力肉搏，这是多么可歌可泣的壮举，同时除开耳孔鼻孔塞点沙土外，丝毫危险也没有，不管那时是怎地像煞有介事样子。冒险的嗜好哪个人没有，不过我们胆小，不愿白丢了生命，仁爱的上帝，因此给我们卷地蔽天的刮风，做我们安稳冒险的材料。住在江南的可怜虫，找不到这一天赐的机会，只得英雄做时势，迟些起来，自己创造机会。就是放假期间，十时半起床，早餐后抽完了烟，已经十一时过了，一想到今天打算做的事情一件也没有动手，赶紧忙着起来——天下里还有比无事忙更有趣味的事吗？若使你因为迟起挨到人家的闲话，那最少也可以打破你日常一波不兴无声无臭的生活。我想凡是尝过生活的深味的人一定会说痛苦比单调灰色生活强得多，因为痛苦是活的，灰色的生活却是死的象征。迟起本身好似是很懒惰的，但是它能够给我们最大的活气，使我们的生活跳动生姿；世上最懒惰不过的人们是那般黎明即起，老早把事做好，坐着呆呆地打呵欠的人们。迟起所有的这许多安慰，除开艺术，我们哪里还找得出来呢？许多人现在还不明白迟起的好处，这也可以证明迟起是一种艺术，因为只有艺术人们才会这样地不去睬它。

现在春天到了，“春宵苦短日高起”，五六点钟醒来，就可以看见太阳，我们可以醉也似的躺着，一直躺了好几个钟头，静听流莺的巧啭，细看花影的慢移，这真是迟起的绝好时光。能让我们天天多躺一会儿罢，别辜负了这一刻千金的“春朝”。

《懒惰汉的懒惰想头》是当代英国小品文家 Jerome k. Jerome（杰罗姆·凯·杰罗姆）的文集名字（*Idle Thoughts of An Idle Fellow*），集里所说的都是拉闲扯散，瞎三道四的废话，可是自带有幽默的深味，好似对于人生有比一般人更微妙的认识同玩味——这或者只是因为我自己也是懒惰汉，官官相卫，惺惺惜惺惺，那么也好，就随它去罢。“春宵一刻值千金”这句老话，是谁也知道的，我觉得换一个字，就可以做我的题目。连小小二句题目，都要东抄西袭凑合成的，不肯费心机自己去做一个，这也可以见我的懒惰了。

在副题目底下加了“之一”两字，自然是指明我还要继续写些这类无聊的小品文字，但是什么时候会写第二篇，那是连上帝都不敢预言的。我是那么懒惰，有时晚上想好了意思，第二天起得太早，心中一懊悔，什么好意思都忘却了。

吹牛的妙用 / 庐隐

吹牛是一种夸大狂，在道德家看来，也许认为是缺点，可是在处事接物上却是一种呱呱叫的妙用。假使你这一生缺少了吹牛的本领，别说好饭碗找不到，便连黄包车夫也不放你在眼里的。

西洋人究竟近乎白痴，什么事都只讲究脚踏实地去做，这样费力气的勾当，我们聪明的中国人，简直连牙齿都要笑掉了。西洋人什么事都讲究按部就班地慢慢来，从来没有平地登天的捷径，而我们中国人专门走捷径，而走捷径的第一个法门，就是善吹牛。

吹牛是一件不可看轻的艺术，就如修辞学上不可缺少“张喻”一类的东西一样，像李太白什么“黄河之水天上来”，又是什么“白发三千丈”，这在修辞学上就叫作“张喻”，而在不懂修辞学的人看来，就觉得李太白在吹牛了。

而且实际上说来，吹牛对于一个人的确有极大的妙用。人类这个东西，就有这么奇怪，无论什么事，你若老老实实地把实话告诉他，不但不能激起他共鸣的情绪，而且还要轻蔑你冷笑你，假使你见了那摸不清你根底的人，你不管你家里早饭的米是当了被褥换来的，你只要大言不惭地说“某部长是我父亲的好朋友，某政客是我拜把子的叔公，我认得某某巨商，我的太太同某军阀的第五位太太是干姊妹”吹起这一套法螺来，那摸不清你的人，便帖帖服服地向你合十顶礼，说不定碰得巧还恭而且敬地请你大吃一顿筵席呢！

吹牛有了如许的好处，于是无论哪一类的人，都各尽其力地大吹其牛了。但是且慢！吹牛也要认清对手方的，不然的话必难打动他或她的心弦，那么就失掉吹牛的功效了。比如说你见了一个仰慕文人的无名作家或学生时，而你自己要充老前辈时，你不用说别的，只要说胡适是我极熟的朋友，郁达夫是我最好的知己，最妙你再转弯抹角地去探听一些关于胡适、郁达夫琐碎的逸事，比如说胡适最喜听什么，郁达夫最讨厌什么，于是便可以亲亲切切地叫着“适之怎样怎样，达夫怎样怎样”，这样一来，你便也就成了胡适、郁达夫同等的人物，而被人所尊敬了。

如果你遇见一个好虚荣的女子呢，你就可以说你周游过列国，到过土耳其、南非洲，并且还是自费去的，这样一来就可以证明你不但学识、阅历丰富，而且还是个资产阶级。于是乎你的恋爱便立刻成功了。

你如遇见商贾、官僚、政客、军阀，都不妨察言观色，投其所好，大吹而特吹之。总而言之，好色者以色吹之，好利者以利吹之，好名者以名吹之，好权势者以权势吹之，此所谓以毒攻毒之法，无往而不利。

或曰吹牛妙用虽大，但也要善吹，否则揭穿西洋镜，便没有戏可唱了。

这当然是实话，并且吹牛也要有相当的训练，第一要不红脸，你虽从来没有著过一本半本的书，但不妨咬紧牙根说："我的著作等身，只可恨被一把野火烧掉了！"你家里因为要请几个漂亮的客人吃饭，现买了一副碗碟，你便可以说"这些东西十年前就有了"，以表示你并不因为请客受窘。假如你荷包里只剩下一块大洋，朋友要邀你坐下来入圈，你就可以说："我的钱都放在银行里，今天竟匀不出工夫去取！"假如哪天你的太太感觉你没多大出息时，你就可以说张家大小姐说我的诗作的好，王家少奶奶说我脸子漂亮而有丈夫气，这样一来太太便立刻加倍地爱你了。

这一些吹牛经，说不胜说，但神而明之，存乎其人！

第四章

家人闲坐，灯火可亲

太阳好的时候，

只要不刮风，那真和暖得不像冬天。

一家人都坐在庭间曝日，

甚至于吃午饭也在屋外，像夏天的晚饭一样。

日光晒到哪里，就把椅凳移到哪里。

山中避雨 / 丰子恺

前天同了两女孩到西湖山中游玩，天忽下雨。我们仓皇奔走，看见前方有一小庙，庙门口有三家村，其中一家是开小茶店而带卖香烟的。我们趋之如归。茶店虽小，茶也要一角钱一壶。但在这时候，即使两角钱一壶，我们也不嫌贵了。

茶越冲越淡，雨越落越大。最初因游山遇雨，觉得扫兴；这时候山中阻雨的一种寂寥而深沉的趣味牵引了我的感兴，反觉得比晴天游山趣味更好。所谓“山色空濛雨亦奇”，我于此体会了这种境界的好处。然而两个女孩子不解这种趣味，她们坐在这小茶店里躲雨，只是怨天尤人，苦闷万状。我无法把我所体验的境界为她们说明，也不愿使她们“大人化”而体验我所感的趣味。

茶博士坐在门口拉胡琴。除雨声外，这是我们当时所闻的唯一的声音。拉的是《梅花三弄》，虽然声音摸得不大正确，拍子还拉得不错。这好像是因为顾客稀少，他坐在门口拉这曲胡琴来代替收音机做广告的。可惜他拉了一会儿就罢，使我们所闻的只是嘈杂而冗长的雨声。为了安慰两个女孩子，我就去向茶博士借胡琴。“你的胡琴借我弄弄好不好？”他很客气地把胡琴递给我。

我借了胡琴回茶店，两个女孩很欢喜。“你会拉的？你会拉的？”我就拉给她们看。手法虽生，音阶还摸得准。因为我小时候曾经请我家邻近的柴主人阿庆教过《梅花三弄》，又请对面弄内一个裁缝司务大汉教过胡琴上的工尺。阿庆的教法很特别，他只是拉《梅花三弄》给你听，却不教你工尺的曲谱。他拉得很熟，但他不知工尺。我对他的拉奏望洋兴叹，始终学他不来。后来知道大汉识字，就请教他。他把小工调、正工调的音阶位置写了一张纸给我，我的胡琴拉奏由此入门。现在所以能够摸出正确的音阶者，一半由于以前略有摸 Violin 的经验，一半仍是根基于大汉的教授的。在山中小茶店里的雨窗下，我用胡琴从容地（因为快了要拉错）拉了种种西洋小曲。两女孩和着了歌唱，好像是西湖上卖唱的，引得三家村里的人都来看。一个女孩唱着《渔光曲》，要我用胡琴去和她。我和着她拉，三家村里的青年们也齐唱起来，一时把这苦雨荒山闹得十分温暖。我曾经吃过七八年音乐教师饭，曾经用 Piano 伴奏过混声四部合唱，曾经弹过 Beethoven 的 *sonata*。但是有生以来，没有尝过今日般的音乐的趣味。

两部空黄包车拉过，被我们雇定了。我付了茶钱，还了胡琴，辞别三家村的青年们，坐上车子。油布遮盖我面前，看不见雨景。我回味刚才的经验，觉得胡琴这种乐器很有意思。Piano 笨重如棺材，Violin 要数十百元一具，制造虽精，世间有几人能够享用呢？胡琴只要两三角钱一把，虽然音域没有 Violin 之广，也尽够演奏寻常小曲。虽然音色不比 Violin 优美，装配得法，其发音也还可听。这种乐器在我国民间很流行，剃头店里有之，裁缝店里有之，江北船上有之，三家村里有之。倘能多造几个简易而高尚的胡琴曲，使像《渔光曲》一般流行于民间，其艺术陶冶的效果，恐比学校的音乐课广大得多呢。我离去三家村时，村里的青年们都送我上车，表示惜别。我也觉得有些儿依依。（曾经搪塞他们说："下星期再来！"其实恐怕我此生不会再到这三家村里去吃茶且拉胡琴了。）若没有胡琴的因缘，三家村里的青年对于我这路人有何惜别之情，而我又有何依依于这些萍水相逢的人呢？古语云："乐以教和。"我做了七八年音乐教师没有实证过这句话，不料这天在这荒村中实证了。

一九三五年秋日作

夏天 / 汪曾祺

夏天的早晨真舒服。空气很凉爽，草上还挂着露水（蜘蛛网上也挂着露水），写大字一张，读古文一篇。夏天的早晨真舒服。

凡花大都是五瓣，栀子花却是六瓣。山歌云：“栀子花开六瓣头。”栀子花粗粗大大，色白，近蒂处微绿，极香，香气简直有点叫人受不了，我的家乡人说是“碰鼻子香”。栀子花粗粗大大，又香得掸都掸不开，于是为文雅人不取，以为品格不高。栀子花说：“去你妈的，我就是要这样香，香得痛痛快快，你们他妈的管得着吗！”

人们往往把栀子花和白兰花相比。苏州姑娘串街卖花，娇声叫卖：“栀子花！白兰花！”白兰花花朵半开，娇娇嫩嫩，如象牙白色，香气文静，但有点甜俗，为上海长三堂子的“倌人”所喜，因为听说白兰花要到夜间枕上才格外地香。我觉得红“倌人”的枕上之花，不如船娘髻边之花更为刺激。

夏天的花里最为幽静的是珠兰。

牵牛花短命。早晨沾露才开，午时即已萎谢。

秋葵也命薄。瓣淡黄，白心，心外有紫晕。风吹薄瓣，楚楚可怜。

凤仙花有单瓣者，有重瓣者。重瓣者如小牡丹，凤仙花茎粗肥，湖南人用以腌“臭咸菜”，此吾乡所未有。

马齿苋、狗尾巴草、益母草，都长得非常旺盛。

淡竹叶开浅蓝色小花，如小蝴蝶，很好看。叶片微似竹叶而较柔软。

“万把钩”即苍耳。因为结的小果上有许多小钩，碰到它就会挂在衣服上，得小心摘去。所以孩子叫它“万把钩”。

我们那里有一种“巴根草”，贴地而去，是见缝扎根，一棵草蔓延开来，长了很多根，横的，竖的，一大片。而且非常顽强，拉扯不断。很小的孩子就会唱：

巴根草，
绿茵茵，
唱个唱，
把狗听。

最讨厌的是“臭芝麻”。掏蟋蟀、捉金铃子，常常沾了一裤腿。奇臭无比，很难除净。

西瓜以绳络悬之井中，下午剖食，一刀下去，喀嚓有声，凉气四溢，连眼睛都是凉的。

天下皆重“黑籽红瓤”，吾乡独以“三白”为贵：白皮、白瓤、白籽。“三白”以东墩产者最佳。

香瓜有：牛角酥，状似牛角，瓜皮淡绿色，刨去皮，则瓜肉浓绿，籽赤红，味浓而肉脆，北京亦有，谓之“羊角蜜”；虾蟆酥，不甚甜而脆，嚼之有黄瓜香；梨瓜，大如拳，白皮，白瓤，生脆有梨香；有一种较大，皮色如虾蟆，不甚甜，而极“面”，孩子们称之为“奶奶哼”，说奶奶一边吃，一边“哼”。

蝈蝈，我的家乡叫作“叫蚰子”。叫蚰子有两种。一种叫“侉叫蚰子”。那真是“侉”，跟一个叫驴子似的，叫起来“咶咶咶咶”很吵人。喂它一点辣椒，更吵得厉害。一种叫“秋叫蚰子”，全身碧绿如玻璃翠，小巧玲珑，鸣声亦柔细。

别出声，金铃子在小玻璃盒子里爬哪！它停下来，吃两口食——鸭梨切成小骰子块。于是它叫了“丁铃铃铃”……

乘凉。

搬一张大竹床放在天井里，横七竖八一躺，浑身爽利，暑气全消。看月华。月华五色晶莹，变幻不定，非常好看。月亮周围有一个模模糊糊的大圆圈，谓之“风圈”，近几天会刮风。

“乌猪子过江了”——黑云漫过天河，要下大雨。

一直到露水下来，竹床子的栏杆都湿了，才回去，这时已经很困了，才沾藤枕（我们那里夏天都枕藤枕或漆枕），已入梦乡。

鸡头米老了，新核桃下来了，夏天就快过去了。

冬天 / 汪曾祺

天冷了，堂屋里上了槅子。槅子，是春暖时卸下来的，一直在厢屋里放着。现在，搬出来，刷洗干净了，换了新的粉连纸，雪白的纸。上了槅子，显得严紧，安适，好像生活中多了一层保护。家人闲坐，灯火可亲。

床上拆了帐子，铺了稻草。洗帐子要捡一个晴朗的好天，当天就晒干。夏布的帐子，晾在院子里，夏天离得远了。稻草装在一个布套里，粗布的，和床一般大。铺了稻草，暄腾腾的，暖和，而且有稻草的香味，使人有幸福感。

不过也还是冷的。南方的冬天比北方难受，屋里不生火。晚上脱了棉衣，钻进冰凉的被窝里；早起，穿上冰凉的棉袄棉裤，真冷。

放了寒假，就可以睡懒觉。棉衣在铜炉子上烘过了，起来就不是很困难了。尤其是，棉鞋烘得热热的，穿进去真是舒服。

我们那里生烧煤的铁火炉的人家很少。一般取暖，只是铜炉子，脚炉和手炉。脚炉是黄铜的，有多眼的盖。里面烧的是粗糠。粗糠装满，铲上几铲没有烧透的芦柴火（我们那里烧芦苇，叫作“芦柴”）的红灰盖在上面。粗糠引着了，冒一阵烟，不一会儿，烟尽了，就可以盖上炉盖。粗糠慢慢延烧，可以经很久。老太太们离不开它。闲来无事，抹抹纸牌，每个老太太脚下都有一个脚炉。脚炉里粗糠太实了，空气不够，火力渐微，就要用“拨火板”沿炉边挖两下，把粗糠拨松，火就旺了。脚炉暖人。脚不冷则周身不冷。焦糠的气味也很好闻。仿日本俳句，可以作一首诗：“冬天，脚炉焦糠的香。”手炉较脚炉小，大都是白铜的，讲究的是银制的。炉盖不是一个一个圆窟窿，大都是镂空的松竹梅花图案。手炉有极小的，中置炭墼（煤炭研为细末，略加蜜，筑成饼状），以纸煤头引着。一个炭墼能经一天。

冬天吃的菜，有乌青菜、冻豆腐、咸菜汤。乌青菜塌棵，平贴地面，江南谓之“塌苦菜”，此菜味微苦。我的祖母在后园辟小片地，种乌青菜，经霜，菜叶边缘作紫红色，味道苦中泛甜。乌青菜与“蟹油”同煮，滋味难比。“蟹油”是以大螃蟹煮熟剔肉，加猪油“炼”成的，放在大海碗里，凝成蟹冻，久贮不坏，可吃一冬。豆腐冻后，不知道为什么是蜂窝状。化开，切小块，与鲜肉、咸肉、牛肉、海米或咸菜同煮，无不佳。冻豆腐宜放辣椒、青蒜。我们那里过去没有北方的大白菜，只有“青菜”。大白菜是从山东运来的，美其名曰“黄芽菜”，很贵。“青菜”似油菜而大，高二尺，是一年四季都有的，家家都吃的菜。咸菜即是用青菜腌的。阴天下雪，喝咸菜汤。

冬天的游戏：踢毽子，抓子儿，下“逍遥”。“逍遥”是在一张正方的白纸上，木版印出螺旋的双道，两道之间印出八仙、马、兔子、鲤鱼、虾……每样都是两个，错落排列，不依次序。玩的时候各执铜钱或象棋子为子儿，掷骰子，如果骰子是五点，自“起马”处数起，向前走五步，是兔子，则可向内圈寻找另一个兔子，以子儿押在上面。下一轮开始，自里圈兔子处数起，如是六点，进六步，也许是铁拐李，就寻另一个铁拐李，把子儿押在那个铁拐李上。如果数至里圈的什么图上，则到外圈去找，退回来。点数够了，子儿能进终点（终点是一座宫殿式的房子，不知是月宫还是龙门），就算赢了。次后进入的为“二家”“三家”。“逍遥”两个人玩也可以，三个四个人玩也可以。不知道为什么叫作“逍遥”。

早起一睁眼，窗户纸上亮晃晃的，下雪了！雪天，到后园去折蜡梅花、天竺果。明黄色的蜡梅、鲜红的天竺果，白雪，生意盎然。蜡梅开得很长，天竺果尤为耐久，插在胆瓶里，可经半个月。

舂粉子。有一家邻居，有一架碓。这架碓平常不大有人用，只在冬天由附近的一二十家轮流借用。碓屋很小，除了一架碓，只有一些筛子、箩。踩碓很好玩，用脚一踏，“吱扭”一声，碓嘴扬了起来，“砰”的一声，落在碓窝里。粉子舂好了，可以蒸糕，做“年烧饼”（糯米粉为蒂，包豆沙白糖，作为饼，在锅里烙熟），搓圆子（即汤团）。舂粉子，就快过年了。

一九八八年十二月廿二日

白马湖之冬 / 夏丏尊

在我过去四十余年的生涯中，冬的情味尝得最深刻的，要算十年前初移居白马湖的时候了。十年以来，白马湖已成了一个小村落，当我移居的时候，还是一片荒野。春晖中学的新建筑巍然矗立于湖的那一面，湖的这一面的山脚下是小小的几间新平屋，住着我和刘君心如两家。此外两三里内没有人烟。一家人于阴历十一月下旬从热闹的杭州移居这荒凉的山野，宛如投身于极带中。

那里的风，差不多日日有的，呼呼作响，好像虎吼。屋宇虽系新建，构造却极粗率，风从门窗隙缝中来，分外尖削，把门缝窗隙厚厚地用纸糊了，缝中却仍有透入。风刮得厉害的时候，天未夜就把大门关上，全家吃毕夜饭即睡入被窝里，静听寒风的怒号，湖水的澎湃。靠山的小后轩，算是我的书斋，在全屋子中风最小的一间，我常把头上的罗宋帽拉得低低地，在洋灯下工作至夜深。松涛如吼，霜月当窗，饥鼠吱吱在承尘上奔窜。我于这种时候深感到萧瑟的诗趣，常独自拨划着炉灰，不肯就睡，把自己拟诸山水画中的人物，作种种幽邈的遐想。现在白马湖到处都是树木了，当时尚一株树木都未种。月亮与太阳都是整个儿的，从上山起直要照到下山为止。太阳好的时候，只要不刮风，那真和暖得不像冬天。一家人都坐在庭间曝日，甚至于吃午饭也在屋外，像夏天的晚饭一样。日光晒到哪里，就把椅凳移到哪里，忽然寒风来了，只好逃难似的各自带了椅凳逃入室中，急急把门关上。在平常的日子，风来大概在下午快要傍晚的时候，半夜即息。至于大风寒，那是整日夜狂吼，要二三日才止的。最严寒的几天，泥地看去惨白如水门汀，山色冻得发紫而黯，湖波泛深蓝色。

下雪原是我所不憎厌的，下雪的日子，室内分外明亮，晚上差不多不用燃灯。远山积雪足供半个月的观看，举头即可从窗中望见。可是究竟是南方，每冬下雪不过一二次。我在那里所日常领略的冬的情味，几乎都从风来。白马湖的所以多风，可以说有着地理上的原因。那里环湖都是山，而北面却有一个半里阔的空隙，好似故意张了袋口欢迎风来的样子。白马湖的山水和普通的风景地相差不远，唯有风却与别的地方不同。风的多和大，凡是到过那里的人都知道的。风在冬季的感觉中，自古占着重要的因素．而白马湖的风尤其特别。

现在，一家僦居上味，偶然于夜深人静时听到风声，大家就要提起白马湖来，说“白马湖不知今夜又刮得怎样厉害哩！”

白马湖之冬，可谓是快意人生！

儿女 / 朱自清

我现在已是五个儿女的父亲了。想起圣陶喜欢用的“蜗牛背了壳”的比喻，便觉得不自在。新近一位亲戚嘲笑我说，“要剥层皮呢！”更有些悚然了。十年前刚结婚的时候，在胡适之先生的《藏晖室札记》里，见过一条，说世界上有许多伟大的人物是不结婚的；文中并引培根的话，“有妻子者，其命定矣。”当时确吃了一惊，仿佛梦醒一般；但是家里已是不由分说给娶了媳妇，又有什么可说？现在是一个媳妇，跟着来了五个孩子；两个肩头上，加上这么重一副担子，真不知怎样走才好。“命定”是不用说了；从孩子们那一面说，他们该怎样长大，也正是可以忧虑的事。我是个彻头彻尾自私的人，做丈夫已是勉强，做父亲更是不成。自然，“子孙崇拜”，“儿童本位”的哲理或伦理，我也有些知道；既做着父亲，闭了眼抹杀孩子们的权利，知道是不行的。可惜这只是理论，实际上我是仍旧按照古老的传统，在野蛮地对付着，和普通的父亲一样。

近来差不多是中年的人了，才渐渐觉得自己的残酷；想着孩子们受过的体罚和叱责，始终不能辩解——像抚摩着旧创痕那样，我的心酸溜溜的。有一回，读了有岛武郎《与幼小者》的译文，对于那种伟大的，诚挚的态度，我竟流下泪来了。去年父亲来信，问起阿九，那时阿九还在白马湖呢；信上说，“我没有耽误你，你也不要耽误他才好。”我为这句话哭了一场；我为什么不像父亲的仁慈？我不该忘记，父亲怎样待我们来着！人性许真是二元的，我是这样的矛盾；我的心像钟摆似的来去。

你读过鲁迅先生的《幸福的家庭》么？我的便是那一类的“幸福的家庭”！每天午饭和晚饭，就如两次潮水一般。先是孩子们你来他去地在厨房与饭间里查看，一面催我或妻发“开饭”的命令。急促繁碎的脚步，夹着笑和嚷，一阵阵袭来，直到命令发出为止。他们一递一个地跑着喊着，将命令传给厨房里的佣人；便立刻抢着回来搬凳子。于是这个说，“我坐这儿！”那个说，“大哥不让我！”大哥却说，“小妹打我！”我给他们调解，说好话。但是他们有时候很固执，我有时候也不耐烦，这便用着叱责了；叱责还不行，不由自主地，我的沉重的手掌便到他们身上了。于是哭的哭，坐的坐，局面才算定了。接着可又你要大碗，他要小碗，你说红筷子好，他说黑筷子好；这个要干饭，那个要稀饭，要茶要汤，要鱼要肉，要豆腐，要萝卜；你说他菜多，他说你菜好。妻是照例安慰着他们，但这显然是太迂缓了。我是个暴躁的人，怎么等得及？不用说，用老法子将他们立刻征服了；虽然有哭的，不久也就抹着泪捧起碗了。吃完了，纷纷爬下凳子，桌上是饭粒呀，汤汁呀，骨头呀，渣滓呀，加上纵横的筷子，欹斜的匙子，就如一块花花绿绿的地图模型。吃饭而外，他们的大事便是游戏。游戏时，大的有大主意，小的有小主意，各自坚持不下，于是争执起来；或者大的欺负了小的，或者小的竟欺负了大的，被欺负的哭着嚷着，到我或妻的面前诉苦；我大抵仍旧要用老法子来判断的，但不理的时候也有。最为难的，是争夺玩具的时候：这一个的与那一个的是同样的东西，却偏要那一个的；而那一个便偏不答应。在这种情形之下，不论如何，终于是非哭了不可的。这些事件自然不至于天天全有，但大致总有好些起。我若坐在家里看书或写什么东西，管保一点钟里要分几回心，或站起来一两次的。若是雨天或礼拜日，孩子们在家的多，那么，摊开书竟看不下一行，提起笔也写不出一个字的事，也有过的。我常和妻说，“我们家真是成日的千军万马呀！”有时是不但“成日”，连夜里也有兵马在进行着，在有吃乳或生病的孩子的时候！

我结婚那一年，才十九岁。二十一岁，有了阿九；二十三岁，又有了阿菜。那时我正像一匹野马，哪能容忍这些累赘的鞍鞯，辔头，和缰绳？摆脱也知是不行的，但不自觉地时时在摆脱着。现在回想起来，那些日子，真苦了这两个孩子；真是难以宽宥的种种暴行呢！阿九才两岁半的样子，我们住在杭州的学校里。不知怎地，这孩子特别爱哭，又特别怕生人。一不见了母亲，或来了客，就哇哇地哭起来了。学校里住着许多人，我不能让他扰着他们，而客人也总是常有的；我懊恼极了，有一回，特地骗出了妻，关了门，将他按在地下打了一顿。这件事，妻到现在说起来，还觉得有些不忍；她说我的手太辣了，到底还是两岁半的孩子！我近年常想着那时的光景，也觉黯然。阿菜在台州，那是更小了；才过了周岁，还不大会走路。也是为了缠着母亲的缘故吧，我将她紧紧地按在墙角里，直哭喊了三四分钟；因此生了好几天病。妻说，那时真寒心呢！但我的苦痛也是真的。我曾给圣陶写信，说孩子们的磨折，实在无法奈何；有时竟觉着还是自杀的好。这虽是气愤的话，但这样的心情，确也有过的。后来孩子是多起来了，磨折也磨折得久了，少年的锋棱渐渐地钝起来了；加以增长的年岁增长了理性的裁制力，我能够忍耐了——觉得从前真是一个“不成材的父亲”，如我给另一个朋友信里所说。但我的孩子们在幼小时，确比别人的特别不安静，我至今还觉如此。我想这大约还是由于我们抚育不得法；从前只一味地责备孩子，让他们代我们负起责任，却未免是可耻的残酷了！

正面意义的“幸福”，其实也未尝没有。正如谁所说，小的总是可爱，孩子们的小模样，小心眼儿，确有些教人舍不得的。阿毛现在五个月了，你用手指去拨弄她的下巴，或向她做趣脸，她便会张开没牙的嘴格格地笑，笑得像一朵正开的花。她不愿在屋里待着；待久了，便大声儿嚷。妻常说，“姑娘又要出去溜达了。”她说她像鸟儿般，每天总得到外面溜一些时候。闰儿上个月刚过了三岁，笨得很，话还没有学好呢。他只能说三四个字的短语或句子，文法错误，发音模糊，又得费气力说出；我们老是要笑他的。他说“好”字，总变成“小”字；问他“好不好？”他便说“小”，或“不小”。我们常常逗着他说这个字玩儿；他似乎有些觉得，近来偶然也能说出正确的“好”字了——特别在我们故意说成“小”字的时候。他有一只搪瓷碗，是一毛来钱买的；买来时，老妈子教给他，“这是一毛钱。”他便记住“一毛”两个字，管那只碗叫“一毛”，有时竟省称为“毛”。这在新来的老妈子，是必须翻译了才懂的。他不好意思，或见着生客时，便咧着嘴痴笑；我们常用了土话，叫他作“呆瓜”。他是个小胖子，短短的腿，走起路来，蹒跚可笑；若快走或跑，便更“好看”了。他有时学我，将两手叠在背后，一摇一摆的；那是他自己和我们都要乐的。他的大姊便是阿菜，已是七岁多了，在小学校里念着书。在饭桌上，一定得啰啰唆唆地报告些同学或他们父母的事情；气喘喘地说着，不管你爱听不爱听。说完了总问我：“爸爸认识么？”“爸爸知道么？”妻常禁止她吃饭时说话，所以她总是问我。她的问题真多：看电影便问电影里的是不是人？是不是真人？怎么不说话？看照相也是一样。不知谁告诉她，兵是要打人的。她回来便问，兵是人么？为什么打人？近来大约听了先生的话，回来又问张作霖的兵是帮谁的？蒋介石的兵是不是帮我们的？诸如此类的问题，每天短不了，常常闹得我不知怎样答才行。她和闰儿在一处玩儿，一大一小，不很合式，老是吵着哭着。但合式的时候也有：譬如这个往床底下躲，那个便钻进去追着；这个钻出来，那个也跟着——从这个床到那个床，只听见笑着，嚷着，喘着，真如妻所说，像小狗似的。现在在京的，便只有这三个孩子；阿九和转儿是去年北来时，让母亲暂时带回扬州去了。阿九是欢喜书的孩子。他爱看《水浒》《西游记》《三侠五义》《小朋友》等；没有事便捧着书坐着或躺着看。只不欢喜《红楼梦》，说是没有味儿。是的，《红楼梦》的味儿，一个十岁的孩子，哪里能领略呢？去年我们事实上只能带两个孩子来；因为他大些，而转儿是一直跟着祖母的，便在上海将他俩丢下。我清清楚楚记得那分别的一个早上。我领着阿九从二洋泾桥的旅馆出来，送他到母亲和转儿住着的亲戚家去。妻嘱咐说：“买点吃的给他们吧。”我们走过四马路，到一家茶食铺里。阿九说要熏鱼，我给买了；又买了饼干，是给转儿的。便乘电车到海宁路。下车时，看着他的害怕与累赘，很觉恻然。

到亲戚家，因为就要回旅馆收拾上船，只说了一两句话便出来；转儿望望我，没说什么，阿九是和祖母说什么去了。我回头看了他们一眼，硬着头皮走了。后来妻告诉我，阿九背地里向她说：“我知道爸爸欢喜小妹，不带我上北京去。”其实这是冤枉的。他又曾和我们说：“暑假时一定来接我啊！”我们当时答应着；但现在已是第二个暑假了，他们还在迢迢的扬州待着。他们是恨着我们呢？还是惦着我们呢？妻是一年来老放不下这两个，常常独自暗中流泪；但我有什么法子呢！想到“只为家贫成聚散”一句无名的诗，不禁有些凄然。转儿与我较生疏些。但去年离开白马湖时，她也曾用了生硬的扬州话（那时她还没有到过扬州呢），和那特别尖的小嗓子向着我：“我要到北京去。”她晓得什么北京，只跟着大孩子们说罢了；但当时听着，现在想着的我，却真是抱歉呢。这兄妹俩离开我，原是常事，离开母亲，虽也有过一回，这回可是太长了；小小的心儿，知道是怎样忍耐那寂寞来着！

我的朋友大概都是爱孩子的。少谷有一回写信责备我，说儿女的吵闹，也是很有趣的，何至可厌到如我所说；他说他真不解。子恺为他家华瞻写的文章，真是“蔼然仁者之言”。圣陶也常常为孩子操心：小学毕业了，到什么中学好呢？——这样的话，他和我说过两三回了。我对他们只有惭愧！可是近来我也渐渐觉着自己的责任。我想，第一该将孩子们团聚起来，其次便该给他们些力量。我亲眼见过一个爱儿女的人，因为不曾好好地教育他们，便将他们荒废了。他并不是溺爱，只是没有耐心去料理他们，他们便不能成材了。我想我若照现在这样下去，孩子们也便危险了。我得计划着，让他们渐渐知道怎样去做人才行。但是要不要他们像我自己呢？这一层，我在白马湖教初中学生时，也曾从师生的立场上问过丏尊，他毫不踌躇地说，“自然啰。”近来与平伯谈起教子，他却答得妙，“总不希望比自己坏啰。”是的，只要不“比自己坏”就行，“像”不“像”倒是不在乎的。职业，人生观等，还是由他们自己去定的好；自己顶可贵，只要指导，帮助他们去发展自己，便是极贤明的办法。

予同说，“我们得让子女在大学毕了业，才算尽了责任。”SK 说，“不然，要看我们的经济，他们的才质与志愿；若是中学毕了业，不能或不愿升学，便去做别的事，譬如做工人吧，那也并非不行的。”自然，人的好坏与成败，也不尽靠学校教育；说是非大学毕业不可，也许只是我们的偏见。在这件事上，我现在毫不能有一定的主意；特别是这个变动不居的时代，知道将来怎样？好在孩子们还小，将来的事且等将来吧。目前所能做的，只是培养他们基本的力量——胸襟与眼光；孩子们还是孩子们，自然说不上高的远的，慢慢从近处小处下手便了。这自然也只能先按照我自己的样子；“神而明之，存乎其人，”光辉也罢，倒霉也罢，平凡也罢，让他们各尽各的力去。我只希望如我所想的，从此好好地做一回父亲，便自称心满意。——想到那“狂人”“救救孩子”的呼声，我怎敢不悚然自勉呢？

一九二八年六月廿四日晚写毕，北京清华园

回过头去 / 郑振铎

——献给上海的诸友

回过头去，你将望见那些向来不曾留恋过的境地，那些以前曾匆匆地吞嚼过的美味，那些使你低回不已的情怀，以及一切一切；回过头去，你便如立在名山之最高峰，将一段一段所经历的胜迹及来路都一一重新加以检点、温记；你将永忘不了那蜿蜒于山谷间的小径，衬托着夕阳而愈幽倩，你将永忘不了那满盈盈的绿水，望下去宛如一盆盛着绿藻金鱼的晶缸，你将忘不了那金黄色的寺观之屋顶、塔尖，它们耸峙于柔黄的日光中，隐若使你忆记那屋盖下面的伟大的种种名迹。尤其在异乡的客子，当着凄凄寒雨，敲窗若泣之际，或途中的游士，孤身寄迹于舟车，离愁填满胸怀而无可告诉之际，最会回过头去。

如今是轮到我回过头去的份儿了。

孤舟——舟是不小，比之于大洋，却是一叶之于大江而已——奔驰于印度洋上，有的是墨蓝的海水，海水，海水，还有那半重浊、半晴明的天空；船头上下地簸动着，便如那天空在动荡；水与天接处的圆也有韵律地一上一下移动。第一天，第二天，第三天，一直是如此。没有片帆，没有一缕的轮烟，没有半节的地影，便连前几天在中国海常见的孤峙水中的小岛也没有。呵，我们是在大海洋中，是在大海洋的中央了。我开始对于海有些厌倦了，那海是如此单调的东西。我坐在甲板上，船栏外便是那墨蓝色的海水，海水，海水。勉强地闭了两眼，一张眼便又看见那墨蓝色的海水，海水，海水。我不愿看见，但它永远是送上眼来。到舱中躺下，舱洞外，又是那奔腾而过的墨蓝色的海水，海水，海水。闭了眼，没用！在上海，春夏之交，天天渴望着有一场舒适的午睡。工作日不敢睡；可爱的星期日要预备设法享用了它，不忍睡。于是，终于不曾有过一次舒适的午睡。现在，在海上，在舟中，厌倦，无聊，无工作，要午睡多么久都不成问题，然而奇怪！闭了眼，没用！脸向内，向外，朝天花板，埋在枕下，都没用！我不能入睡。舱洞外的日光，映着海波而反照入天花板上，一摇一闪，宛如浓荫下树枝被风吹动时的日光。永久是那样地有韵律地一摇一闪。船是那样的簸动，床垫是如有人向上顶又往下拉似的起伏着；还是甲板上是最舒适的所在。不得已又上了甲板。甲板上有我的躺椅。我上去了见一个军官已占着它，说了声 Pardon，他便立起来走开，让我坐下了。前面船栏外是那墨蓝色的海水，海水，海水，左右尽是些异邦之音，在高谈，在絮语，在调情，在取笑，面前，时时并肩走过几对的军官，又是有韵律似的一来一往地走过面前，好似肚内装了发条的小儿玩具，一点也不变动，一点也不肯改换它们的路径、方向、步法。这些机械的无聊的散步者，又使我生了如厌倦那深蓝色的海水，海水，海水似的厌倦。

一切是那样地无生趣，无变化。

往昔，我常以日子过得太快而暗自心惊，一个星期，一个星期，如白鼠在笼中踏转轮似的那么快地飞过去。如今那下午，那黄昏，是如何地难消磨呀！铛铛铛，打了报时钟之后，等待第二次的报时钟的铛铛铛，是如何地悠久呀！如今是一时一刻地挨日子过，如今是强迫着过那有韵律的无变化的生活，强迫着见那一切无生趣无变动的人与物。

在这样的无聊赖中，能不回过头去望着过去么？

呵，呵，那么生动，那么有趣的过去。

长脸人的愈之面色焦黄，手指与唇边都因终日香烟不离而形成了洗涤不去的垢黄色，这曾使法租界的侦探误认他为烟犯而险遭拘捕，又加之以两劈疏朗朗的往下堕的胡子，益成了他的使人难忘的特征。我是最要和他打趣的。他那样的无抵抗的态度呀！

伯祥，圆脸而老成的军师，永远是我们的顾问；他那谈话与手势曾迷惑了我们的全体与无数的学生；只有我是常向他取笑的，往往地“伯翁这样”“伯翁那样”地说着，笑着；他总是淡然地说道：“伯翁就是那样好了。”只有圣陶和颉刚是常和他争论的，往往争论得面红耳热。

予同，我们同伴中的翩翩少年；春二三月，穿了那件湖色的纺绸长衫，头发新理过，又香又光亮，和风吹着他那件绸衫，风度是多么清俊呀！假如站在水涯，临流自照，能不顾影自怜！可惜闸北没有一条清莹的河流。

圣陶，别一个美秀的男性；那长到耳边的胡子如不剃去，却活是一个林长民——当然较他漂亮——剃了，却回复了他的少年，湖色的夹绸衫，更显得漂亮；青缎马褂，毕恭毕敬的举止，唯唯讷讷若无成见的谦抑态度，每个人见了都要疑心他是一个“老学究”。准也料不到他是意志极坚强的人。这使他老年了不少，这使他受了许多人的敬重。

东华，那瘦削的青年，是我们当中的最豪迈者。今天他穿着最漂亮的一身冬衣，明天却换了又旧又破的夹衣，冻得索索抖：无疑地，他的冬衣是进了质库。他常失踪了一二天，然后又埋了头坐在书桌上写译东西，连午饭也可以不吃，晚间可以写到明天三四点钟。他可以拿那样辛苦得来的金钱，一掷千金无悔。我们都没有他那样的勇气与无思虑。

调孚，他的矮身材，一见了便使人不会忘记。他向不放纵，酒也不喝，一放工便回家；他总是有条有理地工作着，也不诉苦也不夸扬。但有时，他也似乎很懒，有人拿东西请他填写，那是很重要的，他却一搁数月，直到了事变了三四次，他却始终未填！我猜想，他在家庭里是一个太好的父亲了。

石岑，我想到他的头上脸上的白斑点，不知现在已否退去或还在扩大它的领土。他第一次见人，永远是恳恳切切的，使人沉醉在他的无比的好意中。有时却也曾显出他的崭绝严厉的态度，我曾见他好几次吩咐门房说，有某人找他，只说他不在。他的谈话，是伯翁的对手。他曾将他的恋爱故事，由上海直说到镇江，由夜间十一时直说到第二天天色微明，这是一个不能忘记的一夜，圣陶、伯翁他们都感到深切的趣味。还有，他的耳朵会动，如猫狗兔似的，他曾因此引动了好几百个学生听讲的趣味。

还有，镇静而多计谋的雁冰，易羞善怒若小女子的仲云，他们可惜都在中国的中央，我们有半年以上不见了。

还有，声带尖锐的雪村老板，老于世故的乃乾，渴想放荡的锦晖，宣传人道主义的圣人傅彦长，还有许多许多——时刻在念的不能一一写出来的朋友们。

这些朋友一个个都若在我面前现出。

有人写信来问我说："你们的生活是闭户著书，目不窥园呢，还是天天卡尔登，夜夜安乐宫呢？"很抱歉地，我那时没有回答他。

说到我们的生活，真是稳定而无奇趣，我们几乎是不住在上海似的，固然不能说我们目不窥园——因为涵芬楼前就有一个小园子，我们曾常常去散散步——然而天天卡尔登的福气，我们可真还不曾享着。在我们的群中，还算是我，是一个常常跑到街上的人，一个星期中，总有两三个黄昏是在外面消磨过的，但却不是在什么卡尔登、安乐宫。有什么好影片子，便和君箴同到附近影戏院中去看，偶然也一个人去，远处的电影院便很少能使我们光顾了——

“今天 Apollo 的片子不坏，圣陶，你去么？”

“不，今天不去。”

“又要等到礼拜天才去么？”

他点点头。他们都是如此，几乎非礼拜天是不出闸北的。

除了喝酒，别的似乎不能打动圣陶和伯祥破例到“上海”去一次。

“今天喝酒去么？”

他们迟疑着。

“伯翁，去吧！去吧！”我半恳求地说。

“好的，先回家去告诉一声。”伯祥微笑地说，“大约你夫人又出去打牌了，所以你又来拉我们了。”我没有话好说，只是笑着。

“那么，走好了，愈之去不去？去问一声看。”圣陶说。

愈之虽不喝酒——他真是滴酒不入口的；他自己说，有一次在吃某亲眷的喜酒时，因为被人强灌了两杯酒，竟至昏倒地上，不省人事了半天。我们怕他昏倒，所以不敢勉强他喝酒——然而我们却很高兴邀他去，他也很高兴同去。有时，予同也加入。于是我们便成了很热闹的一群了。

那酒店——不是言茂源便是高长兴——总是在四马路的中段，那一段路也便是旧书铺的集中地。未入酒店之前，我总要在这些书铺里张张望望好一会儿。这是圣陶所最不高兴而伯祥、愈之所淡然的，我不愿意以一人而牵累了大家的行动，只得怅然地匆匆地出了铺门，有时竟至于望门不入。

我们要了几壶“本色”或“京庄”，大约是“本色”为多。每人面前一壶。这酒店是以卖酒为主的，下酒的菜并不多。我们一边吃，一边要菜。即平常不大肯入口的蚕豆、毛豆在这时也觉得很有味。那琥珀色的“京庄”，那象牙色的“本色”，倾注在白瓷里的茶杯中，如一道金水；那微涩而适口的味儿，每使人沉醉而不自觉。圣陶、伯祥是保守着他们日常饮酒的习惯，一小口一小口，从容地喝着但偶然也肯被迫地一口喝下了一大杯。我起初总喜欢豪饮，后来见了他们的一小口一小口地可以喝多量而不醉，便也渐渐地跟从了他们。每人大约不过是二三壶，便陶然有些酒意了。我们的闲谈源源不绝；那真是闲谈，一点也没有目的，一点也无顾忌。尽有说了好几次的话了，还不以为陈旧而无妨再说一次，我却总以愈之为目的而打趣他，他无法可以抵抗；“随他去说好了，就是这样也不要紧。”他往往地这样说。呵，我真思念他。假定他也同行，我们的这次旅游，便没有这样孤寂了！我说话往往得罪人，在生人堆里总强制着不敢多开口，只有在我们的群里是无话不谈，是尽心尽意而倾谈着，说错了不要紧，谁也不会见怪的，谁也不会肆以讥弹的。呵，如今我与他们是远隔着千里万里了；孤孤踽踽，时刻要留意自己的语言，何时再能有那样无顾忌的畅谈呀！

我们尽了二三壶酒，时间是八九点钟了，我们不敢久停留，于是大家便都有归意。又经过了书铺，我又想去看看，然而碍着他们，总是不进门的时候居多。不知怎样地，我竟是如此地“积习难忘”呀。

有几次独自出门，酒是没有兴致独自喝着，却肆意地在那几家旧书铺里东翻翻西挑挑。我买书不大讲价，有时买得很贵，然因此倒颇有些好书留给我。有时走遍了那几家而一无所得；懊丧没趣而归，有时却于无意得到那寻找已久的东西，那时便如拾到一件至宝，心中充满了喜悦。往往地，独自地到了一家菜馆，以杯酒自劳，一边吃着，一边翻翻看看那得到的书籍。如果有什么忧愁，如果那一天是曾碰着了不如意的事，当在这时，却是忘得一干二净，心中有的只是“满足”。

呵，有书癖者，一切有某某癖者，是有福了！

我尝自恨没有过过上海生活；有一次，亡友梦良、六儿经过上海，我们在吉升栈谈了一夜。天将明时六儿要了三碗白糖粥来吃。那甜美的粥呀，滑过舌头，滑下喉口，是多么爽美，至今使我还忘不了它。去年的阴历新年，我因过年时曾于无意中多剩下些钱，便约了好些朋友畅谈了一二天、一二夜；曾有一夜，喝了酒后，偕了予同、锦晖、彦长他们到卡尔登舞场去一次，看那些翩翩的一对对舞侣，看那天花板上一明一亮的天空星月的象征，也颇为之移情。那一夜直至明早二时方归家。再有一夜，约了十几个人，在一品香借了一间房子聚谈；无目的地谈着，谈着，谈着，一直到了第二天早晨。再有一次是在惠中。心南先生第二天对我说：

“我昨夜到惠中去找朋友，见客牌上有你的名字，究竟是不是你？”

“是的，是我们几个朋友在那里闲谈。”

他觉得有些诧异。

地山回国时，我们又在一品香谈了一夜。彦长、予同、六逸，还有好些人，我们谈得真高兴，那高朗的语声也许曾惊扰了邻人的梦，那是我们很抱歉的！我们曾听见他们的低语，他们着了拖鞋而起来灭电灯。当然，他们是听得见我们的谈话。

除了偶然的几次短旅行，我和君箴从没有分离过一夜；这几夜呀，为了不能自制的谈兴却冷落了她！

六逸，一个胖子，不大说话的，乃是我最早的邻居之一；看他肌肉那么盛满，却是常常地伤风。自从他结婚以后，却不和我们在一处了。找他出来谈一次，是好不容易呀。

我们的“上海”生活不过是如此的平淡无奇，我的回忆不过是如此的平淡无奇。然而回过头去，我不禁怅然了！一个个的可恋念的旧友，一次次的忘不了的称心称意的谈话，即今细念着、细味着，也还可以暂忘了那抬头即见的墨蓝色的海水，海水，海水呢。

人间草木 / 汪曾祺

山丹丹

我在大青山挖到一棵山丹丹。这棵山丹丹的花真多。招待我们的老堡垒户看了看，说：“这棵山丹丹有十三年了。”

“十三年了？咋知道？”

“山丹丹长一年，多开一朵花。你看，十三朵。”

山丹丹记得自己的岁数。

我本想把这棵山丹丹带回呼和浩特，想了想，找了把铁锹，把老堡垒户的开满了蓝色党参花的土台上刨了个坑，把这棵山丹丹种上了。问老堡垒户：

“能活？”

“能活。这东西，皮实。”

大青山到处是山丹丹，开七朵花、八朵花的，多的是。

山丹丹开花花又落，

一年又一年……

这支流行歌曲的作者未必知道，山丹丹过一年多开一朵花。唱歌的歌星就更不会知道了。

枸杞

枸杞到处都有。枸杞头是春天的野菜。采摘枸杞的嫩头，略焯过，切碎，与香干丁同拌，浇酱油醋香油；或入油锅爆炒，皆极清香。夏末秋初，开淡紫色小花，谁也不注意。随即结出小小的红色的卵形浆果，即枸杞子。我的家乡叫作狗奶子。

我在玉渊潭散步，在一个山包下的草丛里看见一对老夫妻弯着腰在找什么。他们一边走，一边搜索。走几步，停一停，弯腰。

“您二位找什么？”

“枸杞子。”

“有吗？”

老同志把手里一个罐头玻璃瓶举起来给我看，已经有半瓶了。

“不少！”

“不少！”

他解嘲似的哈哈笑了几声。

“您慢慢捡着！”

“慢慢捡着！”

看样子这对老夫妻是离休干部，穿得很整齐干净，气色很好。

他们捡枸杞子干什么？是配药？泡酒？看来都不完全是。真要是需要，可以托熟人从宁夏捎一点或寄一点来。——听口音，老同志是西北人，那边肯定会有熟人。

他们捡枸杞子其实只是玩！一边走着，一边捡枸杞子，这比单纯的散步要有意思。这是两个童心未泯的老人，两个老孩子！

人老了，是得学会这样的生活。看来，这二位中年时也是很会生活，会从生活中寻找乐趣的。他们为人一定很好，很厚道。他们还一定不贪权势，甘于淡泊。夫妻间一定不会为柴米油盐、儿女婚嫁而吵嘴。

从钓鱼台到甘家口商场的路上，路西，有一家的门头上种了很大的一丛枸杞，秋天结了很多枸杞子，通红通红的，礼花似的，喷泉似的垂挂下来，一个珊瑚珠穿成的华盖，好看极了。这丛枸杞可以拿到花会上去展览。这家怎么会想起在门头上种一丛枸杞？

槐花

玉渊潭洋槐花盛开，像下了一场大雪，白得耀眼。来了放蜂的人。蜂箱都放好了，他的“家”也安顿了。一个刷了涂料的很厚的黑色的帆布篷子。里面打了两道土堰，上面架起几块木板，是床。床上一卷铺盖。地上排着油瓶、酱油瓶、醋瓶。一个白铁桶里已经有多半桶蜜。外面一个蜂窝煤炉子上坐着锅。一个女人在案板上切青蒜。锅开了，她往锅里下了一把干切面。不大会儿，面熟了，她把面捞在碗里，加了作料、撒上青蒜，在一个碗里舀了半勺豆瓣。一人一碗。她吃的是加了豆瓣的。

蜜蜂忙着采蜜，进进出出，飞满一天。

我跟养蜂人买过两次蜜，绕玉渊潭散步回来，经过他的棚子，大都要在他门前的树墩上坐一坐，抽一支烟，看他收蜜，刮蜡，跟他聊两句，彼此都熟了。

这是一个五十岁上下的中年人，高高瘦瘦的，身体像是不太好，他做事总是那么从容不迫，慢条斯理的。样子不像个农民，倒有点像一个农村小学校长。听口音，是石家庄一带的。他到过很多省。哪里有鲜花，就到哪里去。菜花开的地方，玫瑰花开的地方，苹果花开的地方，枣花开的地方。每年都到南方去过冬，广西，贵州。到了春暖，再往北翻。我问他是不是枣花蜜最好，他说是荆条花的蜜最好。这很出乎我的意料。荆

吃莲花的 / 老舍

今年我种了两盆白莲。盆是由北平搜寻来的，里外包着绿苔，至少有五六十岁。泥是由黄河拉来的。水用趵突泉的。只是藕差点事，吃剩下来的菜藕。好盆好泥好水敢情有妙用，菜藕也不好意思了，长吧，开花吧，不然太对不起人！居然，拔了梗，放了叶，而且开了花。一盆里七八朵，白的！只有两朵，瓣尖上有点红，我细细地用檀香粉给涂了涂，于是全白。作诗吧，除了作诗还有什么办法？专说“亭亭玉立”这四个字就被我用了七十五次，请想我作了多少首诗吧！

这且不提。好几天了，天天门口卖菜的带着几把儿白莲。最初，我心里很难过。好好的莲花和茄子冬瓜放在一块，真！继而一想，若有所悟。啊，济南名士多，不能自己“种”莲，还不“买”些用古瓶清水养起来，放在书斋？是的，一定是这样。

这且不提。友人约游大明湖，“去买点莲花来！”他说。

“何必去买，我的两盆还不可观？”我有点不痛快，心里说：“我自种的难道比不上湖里的？真！”况且，天这么热，游湖更受罪，不如在家里，煮点毛豆角，喝点莲花白，作两首诗，以自种白莲为题，岂不雅妙？友人看着那两盆花，点了点头。我心里不用提多么痛快了；友人也很雅哟！除了作新诗向来不肯用这“哟”，可是此刻非用不可了！我忙着吩咐家中煮毛豆角，看看能买到鲜核桃不。然后到书房去找我的诗稿。友人静立花前，欣赏着哟！

这且不提。及至我从书房回来一看，盆中的花全在友人手里握着呢，只剩下两朵快要开败的还在原地未动。我似乎忽然中了暑，天旋地转，说不出话。友人可是很高兴。他说：“这几朵也对付了，不必到湖中买去了。其实门口卖菜的也有，不过没有湖上的新鲜便宜。你这些不很嫩了，还能对付。”他一边说着，一边奔了厨房。“老田，”他叫着我的总管事兼厨子，“把这用好香油炸炸。外边的老瓣不要，炸里边那嫩的。”老田是我由北平请来的，和我一样不懂济南的典故，他以为香油炸莲瓣是什么偏方呢。“这治什么病，烫伤？”他问。友人笑了，“治烫伤？吃！美极了！没看见菜挑子上一把一把儿地卖吗？”

这且不提。还提什么呢，诗稿全烧了，所以不能附录在这里。

苍蝇 / 周作人

苍蝇不是一件很可爱的东西，但我们在做小孩子的时候都有点喜欢他。我同兄弟常在夏天乘大人们午睡，在院子里弃着香瓜皮瓤的地方捉苍蝇——苍蝇共有三种，饭苍蝇太小，麻苍蝇有蛆太脏，只有金苍蝇可用。金苍蝇即青蝇，小儿谜中所谓“头戴红缨帽，身穿紫罗袍”者是也。我们把它捉来，摘一片月季花的叶，用月季的刺钉在背上，便见绿叶在桌上蠕蠕而动，东安市场有卖纸制各色小虫者，标题云“苍蝇玩物”，即是同一的用意。我们又把它的背竖穿在细竹丝上，取灯心草一小段放在脚的中间，它便上下颠倒的舞弄，名曰“戏棍”；又或用白纸条缠在肠上纵使飞去，但见空中一片片的白纸乱飞，很是好看。倘若捉到一个年富力强的苍蝇，用快剪将头切下，它的身子便仍旧飞去。希腊路吉亚诺思（Lukianos）的《苍蝇颂》中说：“苍蝇在被切去了头之后，也能生活好些时光。”大约二千年前的小孩已经是这样的玩耍的了。

我们现在受了科学的洗礼，知道苍蝇能够传染病菌，因此对于它们很有一种恶感。三年前卧病在医院时曾作有一首诗，后半云：

大小一切的苍蝇们，
美和生命的破坏者，
中国人的好朋友的苍蝇们呵，
我诅咒你的全灭，
用了人力以外的，
最黑最黑的魔术的力。

但是实际上最可恶的还是它的别一种坏癖气，便是喜欢在人家的颜面手脚上乱爬乱舔，古人虽美其名曰“吸美”，在被吸者却是极不愉快的事。希腊有一篇传说说明这个缘起，颇有趣味。据说苍蝇本来是一个处女，名叫默亚（Muia），很是美丽，不过太喜欢说话。她也爱那月神的情人恩迭米盎（Endymion），当他睡着的时候，她总还是和他讲话或唱歌，使他不能安息，因此月神发怒，使她变成苍蝇。以后她还是纪念着恩迭米盎，不肯叫人家安睡，尤其是喜欢搅扰年轻的人。

苍蝇的固执与大胆，引起好些人的赞叹。诃美洛思（Homeros）在史诗中尝比勇士于苍蝇，他说，虽然你赶它去，它总不肯离开你，一定要叮你一口方才罢休。又有诗人云，那小苍蝇极勇敢地跳在人的肢体上，渴欲饮血，战士却躲避敌人的刀锋，真可羞了。我们侥幸不大遇见渴血的勇士，但勇敢地攻上来舐我们的头的却常常遇到。法布尔（Fabre）的《昆虫记》里说有一种蝇，乘土蜂负虫入穴之时，下卵于虫内，后来蝇卵先出，把死虫和蜂卵一并吃下去。他说这种蝇的行为好像是一个红巾黑衣的暴客在林中袭击旅人，但是它的剽悍敏捷的确也可佩服，倘使希腊人知道，或者可以拿去形容阿迭修思（Odssyeus）一流的狡侩英雄吧。

中国古来对于苍蝇也似乎没有什么反感。《诗经》里说：“营营青蝇，止于樊。岂弟君子，无信谗言。”又云：“非鸡则鸣，苍蝇之声。”据陆农师说，青蝇善乱色，苍蝇善乱声，所以是这样说法。传说里的苍蝇，即使不是特殊良善，总之决不比别的昆虫更为卑恶。在日本的俳谐中则蝇成为普通的诗料，虽然略带湫秽的气色，但很能表出温暖热闹的境界。小林一茶更为奇特，他同圣芳济一样，以一切生物为弟兄朋友，苍蝇当然也是其一。检阅他的俳句选集，咏蝇的诗有二十首之多，今举两首以见一斑。一云：

笠上的苍蝇，比我更早地飞进去了。

这诗有题曰《归庵》。又一首云：

不要打哪，苍蝇搓他的手，搓他的脚呢。

我读这一句，常常想起自己的诗觉得惭愧，不过我的心情总不能达到那一步，所以也是无法。《埤雅》云：“蝇好交其前足，有绞绳之象……亦好交其后足。”这个描写正可作前句的注解。又绍兴小儿谜语歌云：“像乌豇豆格乌，像乌豇豆格粗，堂前当中央，坐得拉胡须。”也是指这个现象。（格犹云“的”，坐得即“坐着”之意。）

据路吉亚诺思说，古代有一个女诗人，慧而美，名叫默亚，又有一个名妓也以此为名，所以滑稽诗人有句云：“默亚咬他直达他的心房。”中国人虽然永久与苍蝇同桌吃饭，却没有人拿苍蝇作为名字，以我所知只有一二人被用为诨名而已。

十三年（1924 年）七月

市声拾趣 / 张恨水

我也走过不少的南北码头，所听到的小贩吆唤声，没有任何一地能赛过北平的。北平小贩的吆唤声，复杂而谐和，无论其是昼是夜，是寒是暑，都能给予听者一种深刻的印象。虽然这里面有部分是极简单的，如“羊头肉”“肥卤鸡”之类。可是他们能在声调上，助字句之不足。至于字句多的，那一份优美，就举不胜举，有的简直是一首歌谣，例如夏天卖冰酪的，他在胡同的绿槐荫下，歇着红木漆的担子，手扶了扁担，吆唤着道：“冰淇淋，雪花酪，桂花糖，搁的多，又甜又凉又解渴。”这就让人听着感到趣味了。又像秋冬卖大花生的，他喊着：“落花生，香来个脆啦，芝麻酱的味儿啦。”这就含有一种幽默感了。

也许是我们有点主观，我们在北平住久了的人，总觉得北平小贩的吆唤声，很能和环境适合，情调非常之美。如现在是冬天，我们就说冬季了，当早上的时候，黄黄的太阳，穿过院树落叶的枯条，晒在人家的粉墙上，胡同的犄角儿上，兀自堆着大大小小的残雪。这里很少行人，两三个小学生背着书包上学，于是有辆平头车子，推着一个木火桶，上面烤了大大小小二三十个白薯，歇在胡同中间。小贩穿了件老羊毛背心儿，腰上来了条板带，两手插在背心里，喷着两条如云的白气，站在车把里叫道："噢……热啦……烤白薯啦……又甜又粉，栗子味。"当你早上在大门外一站，感到又冷又饿的时候，你就会因这种引诱，要买他几大枚白薯吃。

在北平住家稍久的人，都有这么一种感觉，卖硬面饽饽的人极为可怜，因为他总是在深夜里出来的。当那万籁俱寂、漫天风雪的时候，屋子外的寒气，像尖刀那般割人。这位小贩，却在胡同遥远的深处，发出那漫长的声音："硬面……饽饽哟……"我们在暖温的屋子里，听了这声音，觉得既凄凉，又惨厉，像深夜钟声那样动人，你不能不对穷苦者给予一个充分的同情。

其实，市声的大部分，都是给人一种喜悦的，不然，它也就不能吸引人了。例如，炎夏日子，卖甜瓜的，他这样一串的吆唤着："哦！吃啦甜来一个脆，又香又凉冰淇淋的味儿。吃啦，嫩藕似的苹果青脆甜瓜啦！"在碧槐高处一蝉吟的当儿，这吆唤是够刺激人的。因此，市声刺激，北平人是有着趣味的存在，小孩子就喜欢学，甚至借此凑出许多趣话。例如卖馄饨的，他吆喝着第一句是“馄饨开锅”。声音洪亮，极像大花脸喝倒板，于是他们就用纯土音编了一篇戏词来唱：“馄饨开锅……自己称面自己和，自己剁馅自己包，虾米香菜又白饶。吆唤了半天，一个子儿没卖着，没留神啰去了我两把勺。”因此，也可以想到北平人对于小贩吆唤声的趣味之浓了。

第五章

最完美的状态，是从未放弃成长

愿中国青年都摆脱冷气，只是向上走，
不必听自暴自弃者之流的话。
能做事的做事，能发声的发声。
有一分热，发一分光，
就令萤火一般，也可以在黑暗里发一点光，
不必等候炬火。

生机 / 丰子恺

去年除夜买的一球水仙花，养了两个多月，直到今天方才开花。

今春天气酷寒，别的花木萌芽都迟，我的水仙尤迟。因为它到我家来，遭了好几次灾难，生机被阻抑了。

第一次遭的是旱灾，其情形是这样：它于去年除夕到我家，当时因为我的别寓里没有水仙花盆，我特为跑到瓷器店去买一只纯白的瓷盘来供养它。这瓷盘很大、很重，原来不是水仙花盆。据瓷器店里的老头子说，它是光绪年间的东西，是官场中请客时用以盛某种特别肴馔的家伙。只因后来没有人用得着它，至今没有卖脱。我觉得普通所谓水仙花盆，长方形的、扇形的，在过去的中国画里都已看厌了，而且形式都不及这家伙好看。就假定这家伙是为我特制的水仙花盆，买了它来，给我的水仙花配合，形状色彩都很调和。看它们在寒窗下绿白相映，素艳可喜，谁相信这是官场中盛酒肉的东西？可是它们结合不到一个月，就要别离。为的是我要到石门湾去过阴历年，预期在缘缘堂住一个多月，希望把这水仙花带回去，看它开好才好。如何带法？颇费踌躇：叫工人阿毛拿了这盆水仙花乘火车，恐怕有人说阿毛提倡风雅；把他装进皮箱里，又不可能。于是阿毛提议："盘儿不要它，水仙花拔起来装在饼干箱里，携了上车，到家不过三四个钟头，不会旱杀的。"我通过了。水仙就与盘暂别，坐在饼干箱里旅行。回到家里，大家纷忙得很，我也忘记了水仙花。三天之后，阿毛突然说起，我猛然觉悟，找寻它的下落，原来被人当作饼干，搁在石灰甏上。连忙取出一看，绿叶憔悴，根须焦黄。阿毛说："勿碍。"立刻把它供养在家里旧有的水仙花盆中，又放些白糖在水里。幸而果然勿碍，过了几天它又欣欣向荣了。是为第一次遭的旱灾。

第二次遭的是水灾，其情形是这样：家里的水仙花盆中，原有许多色泽很美丽的雨花台石子。有一天早晨，被孩子们发现了，水仙花就遭殃：他们说石子里统是灰尘，埋怨阿毛不先将石子洗净，就代替他做这番工作。他们把水仙花拔起，暂时养在脸盆里，把石子倒在另一脸盆里，掇到墙角的太阳光中，给它们一一洗刷。雨花台石子浸着水，映着太阳光，光泽、色彩、花纹，都很美丽。有几颗可以使人想象起"通灵宝玉"来。看的人越聚越多，孩子们尤多，女孩子最热心。她们把石子照形状分类，照色彩分类，照花纹分类；然后品评其好坏，给每块石子打起分数来；最后又利用其形色，用许多石子拼起图案来。图案拼好，她们自去吃年糕了；年糕吃好，她们又去踢毽子了；毽子踢好，她们又去散步了。直到晚上，阿毛在墙角发现了石子的图案，叫道：“咦，水仙花哪里去了？”东寻西找，发现它横卧在花台边上的脸盆中，浑身浸在水里。自晨至晚，浸了十来小时，绿叶已浸得发肿，发黑了！阿毛说：“勿碍。”再叫小石子给它扶持，坐在水仙花盆中。是为第二次遭的水灾。

第三次遭的是冻灾，其情形是这样的：水仙花在缘缘堂里住了一个多月。其间春寒太甚，患难迭起。其生机被这些天灾人祸所阻抑，始终不能开花。直到我要离开缘缘堂的前一天，它还是含苞未放。我此去预定暮春回来，不见它开花又不甘心，以问阿毛。阿毛说：“用绳子穿好，提了去！这回不致忘记了。”我赞成。于是水仙花倒悬在阿毛的手里旅行了。它到了我的寓中，仍旧坐在原配的盆里。雨水过了，不开花。惊蛰过了，又不开花。阿毛说：“不晒太阳的缘故。”就掇到阳台上，请它晒太阳。今年春寒殊甚，阳台上虽有太阳光，同时也有料峭的东风，使人立脚不住。所以人都闭居在室内，从不走到阳台上去看水仙花。房间内少了一盆水仙花也没有人查问。直到次日清晨，阿毛叫了：“啊哟！昨晚水仙花没有拿进来，冻杀了！”一看，盆内的水连底冻，敲也敲不开；水仙花里面的水分也冻，其鳞茎冻得像一块白石头，其叶子冻得像许多翡翠条。

赶快拿进来，放在火炉边。久之久之，盆里的水融了，花里的水也融了；但是叶子很软，一条一条弯下来，叶尖儿垂在水面。阿毛说：“乌者。[①]”我觉得的确有些儿“乌”，但是看它的花蕊还是笔挺地立着，想来生机没有完全丧尽，还有希望。以问阿毛，阿毛摇头，随后说：“索性拿到灶间里去，暖些，我也可以常常顾到。”我赞成。垂死的水仙花就被从房中移到灶间。是为第三次遭的冻灾。

谁说水仙花清？它也像普通人一样，需要烟火气的。自从移入灶间之后，叶子渐渐抬起头来，花苞渐渐展开。今天花儿开得很好了！阿毛送它回来，我见了心中大快。此大快非仅为水仙花。人间的事，只要生机不灭，即使重遭天灾人祸，暂被阻抑，终有抬头的日子。个人的事如此，家庭的事如此，国家、民族的事也如此。

---

① 乌者：即“糟了”之意。

逼来的春天 / 冯骥才

那时，大地依然一派毫无松动的严冬景象，土地邦硬，树枝全抽搐着，害病似的打着冷战；雀儿们晒太阳时，羽毛奓开好像绒球，紧挤一起，彼此借着体温。你呢，面颊和耳朵边儿像要冻裂那样的疼痛……然而，你那冻得通红的鼻尖，迎着冷冽的风，却忽然闻到了春天的气味！

春天最先是闻到的。

这是一种什么气味？它令你一阵惊喜，一阵激动，一下子找到了明天也找到了昨天——那充满诱惑的明天和同样季节、同样感觉却流逝难返的昨天。可是，当你用力再去吸吮这空气时，这气味竟又没了！你放眼这死气沉沉冻结的世界，准会怀疑它不过是瞬间的错觉罢了。春天还被远远隔绝在地平线之外吧。

但最先来到人间的春意，总是被盘踞大地的严冬所拒绝、所稀释、所泯灭。正因为这样，每逢这春之将至的日子，人们会格外的兴奋、敏感和好奇。

如果你有这样的机会多好——天天来到这小湖边，你就能亲眼看到冬天究竟怎样退去，春天怎样到来，大自然究竟怎样完成这一年一度起死回生的最奇妙和最伟大的过渡。

但开始时，每瞧它一眼，都会换来绝望。这小湖干脆就是整整一块巨大无比的冰，牢牢实实，坚不可摧；它一直冻到湖底了吧？鱼儿全死了吧？灰白色的冰面在阳光反射里光芒刺目；小鸟从不敢在这寒气逼人的冰面上站一站。

逢到好天气，一连多天的日晒，冰面某些地方会融化成水，别以为春天就从这里开始。忽然一夜寒飙过去，转日又冻结成冰，恢复了那严酷肃杀的景象。若是风雪交加，冰面再盖上一层厚厚雪被，春天真像天边的情人，愈期待愈迷茫。

然而，一天，湖面一处，一大片冰面竟像沉船那样陷落下去，破碎的冰片斜插水里，好像出了什么事！这除非是用重物砸开的，可什么人、又为什么要这样做呢？但除此之外，并没发现任何异常的细节。那么你从这冰面无缘无故的坍塌中是否隐隐感到了什么……刚刚从裂开的冰洞里露出的湖水，漆黑又明亮，使你想起一双因为爱你而无限深邃又默默的眼睛。

这坍塌的冰洞是个奇迹，尽管寒潮来临，水面重新结冰，但在白日阳光的照耀下又很快地融化和洞开。冬的伤口难以愈合。冬的黑子出现了。

冬天与春天的界限是瓦解。

冰的坍塌不是冬的风景，而是隐形的春所创造的第一幅壮丽的图画。

跟着，另一处湖面，冰层又坍塌下去。一个、两个、三个……随后湖面中间闪现一条长长的裂痕，不等你确认它的原因和走向，居然又发现几条粗壮的裂痕从斜刺里交叉过来。开始这些裂痕发白，渐渐变黑，这表明裂痕里已经浸进湖水。某一天，你来到湖边，会止不住出声地惊叫起来，巨冰已经裂开！黑黑的湖水像打开两扇沉重的大门，把一分为二的巨冰推向两旁，终于袒露出自己阔大、光滑而迷人的胸膛……

这期间，你应该在岸边多呆些时候。你就会发现，这漆黑而依旧冰冷的湖水泛起的涟漪，柔软又轻灵，与冬日的寒浪全然两样了。那些仍然覆盖湖面的冰层，不再光芒夺目，它们黯淡、晦涩、粗糙和发脏，表面一块块凹下去。有时，忽然“咔嚓”清脆的一响，跟着某一处，断裂的冰块应声漂移而去……尤其动人的，是那些在冰层下憋闷了长长一冬的大鱼，它们时而激情难耐，猛地蹦出水面，在阳光下银光闪烁打个“挺儿”，“哗啦”落入水中。你会深深感到，春天不是由远方来到眼前，不是由天外来到人间；它原是深藏在万物的生命之中的，它是从生命深处爆发出来的，它是生的欲望、生的能源与生的激情。它永远是死亡的背面。唯此，春天才是不可遏制的。它把酷烈的严冬作为自己的序曲，不管这序曲多么漫长。

追逐着凛冽的朔风的尾巴，总是明媚的春光；所有冻凝的冰的核儿，都是一滴春天的露珠；那封闭大地的白雪下边是什么？你挥动大帚，扫去白雪，一准是连天的醉人的绿意……

你眼前终于出现这般景象：宽展的湖面上到处浮动着大大小小的冰块。这些冬的残骸被解脱出来的湖水戏弄着，今儿推到湖这边儿，明日又推到湖那边儿。早来的候鸟常常一群群落在浮冰上，像乘载游船，欣赏着日渐稀薄的冬意。这些浮冰不会马上消失，有时还会给一场春寒冻结一起，霸道地凌驾湖上，重温昔日威严的梦。然而，春天的湖水既自信又有耐性，有信心才有耐性。它在这浮冰四周，扬起小小的浪头，好似许许多多温和而透明的小舌头，去舔弄着这些渐软渐松渐小的冰块……最后，整个湖中只剩下一块肥皂大小的冰片片了，湖水反而不急于吞没它，而是把它托举在浪波之上，摇摇晃晃，一起一伏，展示着严冬最终的悲哀、无助和无可奈何……终于，它消失了。冬，顿时也消失于天地间。这时你会发现，湖水并不黝黑，而是湛蓝湛蓝。它和天空一样的颜色。

天空是永远宁静的湖水，湖水是永难平静的天空。

春天一旦跨到地平线这边来，大地便换了一番风景，明朗又朦胧。它日日夜夜散发着一种气息，就像青年人身体散发出的气息。清新的、充沛的、诱惑而撩人的，这是生命本身的气息。大地的肌肤——泥土，松软而柔和；树枝再不抽搐，软软地在空中自由舒展，那纤细的枝梢无风时也颤悠悠地摇动，招呼着一个万物萌芽的季节的到来。小鸟们不必再爹开羽毛，个个变得光溜精灵，在高天上扇动阳光飞翔……湖水因为春潮涨满，仿佛与天更近；静静的云，说不清在天上还是在水里……湖边，湿漉漉的泥滩上，那些东倒西歪的去年的枯苇棵里，一些鲜绿夺目、又尖又硬的苇芽，破土而出，愈看愈多，有的地方竟已簇密成片了。你真惊奇！在这之前，它们竟逃过你细心的留意，一旦发现即已充满咄咄的生气了！难道这是一夜春风、一阵春雨或一日春晒，便齐刷刷钻出地面？来得又何其神速！这分明预示着，大自然囚禁了整整一冬的生命，要重新开始新的一轮竞争了。而它们，这些碧绿的针尖一般的苇芽，不仅叫你看到了崭新的生命，还叫你深刻地感受到生命的锐气、坚韧、迫切，还有生命和春的必然。

跑警报 / 汪曾祺

西南联大有一位历史系的教授，——听说是雷海宗先生，他开的一门课因为讲授多年，已经背得很熟，上课前无需准备；下课了，讲到哪里算哪里，他自己也不记得。每回上课，都要先问学生："我上次讲到哪里了？"然后就滔滔不绝地接着讲下去。班上有个女同学，笔记记得最详细，一句不落。雷先生有一次问她："我上一课最后说的是什么？"这位女同学打开笔记夹，看了看，说："您上次最后说：'现在已经有空袭警报，我们下课。'"

这个故事说明昆明警报之多。我刚到昆明的头二年，一九三九、一九四〇年，三天两头有警报。有时每天都有，甚至一天有两次。昆明那时几乎说不上有空防力量，日本飞机想什么时候来就来。有时竟至在头一天广播：明天将有二十七架飞机来昆明轰炸。日本的空军指挥部还真言而有信，说来准来！

一有警报，别无他法，大家就都往郊外跑，叫作"跑警报”。“跑”和“警报”连在一起，构成一个语词，细想一下，是有些奇特的，因为所跑的并不是警报。这不像“跑马”“跑生意”那样通顺。但是大家就这么叫了，谁都懂，而且觉得很合适。也有叫“逃警报”或“躲警报”的，都不如“跑警报”准确。“躲”，太消极；“逃”又太狼狈。唯有这个“跑”字于紧张中透出从容，最有风度，也最能表达丰富生动的内容。

有一个姓马的同学最善于跑警报。他早起看天，只要是万里无云，不管有无警报，他就背了一壶水，带点吃的，夹着一卷温飞卿或李商隐的诗，向郊外走去。直到太阳偏西，估计日本飞机不会来了，才慢慢地回来。这样的人不多。

警报有三种。如果在四十多年前向人介绍警报有几种，会被认为有“神经病”，这是谁都知道的。然而对今天的青年，却是一项新的课题。一曰“预行警报”。

联大有一个姓侯的同学，原系航校学生，因为反应迟钝，被淘汰下来，读了联大的哲学心理系。此人对于航空旧情不忘，曾用黄色的“标语纸”贴出巨幅“广告”，举行学术报告，题曰《防空常识》。他不知道为什么对“警报”特别敏感。他正在听课，忽然跑了出去，站在“新校舍”的南北通道上，扯起嗓子大声喊叫：“现在有预行警报，五华山挂了三个红球！”可不！抬头望南一看，五华山果然挂起了三个很大的红球。五华山是昆明的制高点，红球挂出，全市皆见。我们一直很奇怪：

他在教室里，正在听讲，怎么会“感觉”到五华山挂了红球呢？——教室的门窗并不都正对五华山。

一有预行警报，市里的人就开始向郊外移动。住在翠湖迤北的，多半出北门或大西门，出大西门的似尤多。大西门外，越过联大新校门前的公路，有一条由南向北的用浑圆的石块铺成的宽可五六尺的小路。这条路据说是古驿道，一直可以通到滇西。路在山沟里。平常走的人不多。常见的是驮着盐巴、碗糖或其他货物的马帮走过。赶马的马锅头侧身坐在木鞍上，从齿缝里嘘嘘地吹出口哨（马锅头吹口哨都是这种吹法，没有撮唇而吹的），或低声唱着呈贡“调子”：

哥那个在至高山那个放呀放放牛，
妹那个在至花园那个梳那个梳梳头。
哥那个在至高山那个招呀招招手，
妹那个在至花园点那个点点头。

这些走长道的马锅头有他们的特殊装束。他们的短褂外部套了一件白色的羊皮背心，脑后挂着漆布的凉帽，脚下是一双厚牛皮底的草鞋状的凉鞋，鞋帮上大都绣了花，还钉着亮晶晶的“鬼眨眼”亮片。——这种鞋似只有马锅头穿，我没见从事别种行业的人穿过。马锅头押着马帮，从这条斜阳古道上走过，马项铃哗棱哗棱地响，很有点浪漫主义的味道，有时会引起远客的游子一点淡淡的乡愁……

有了预行警报，这条古驿道就热闹起来了。从不同方向来的人都涌向这里，形成了一条人河。走出一截，离市较远了，就分散到古道两旁的山野，各自寻找一个合适的地方待下来，心平气和地等着，——等空袭警报。

联大的学生见到预行警报，一般是不跑的，都要等听到空袭警报：汽笛声一短一长，才动身。新校舍北边围墙上有一个后门，出了门，过铁道（这条铁道不知起讫地点，从来也没见有火车通过），就是山野了。要走，完全来得及。——所以雷先生才会说“现在已经有空袭警报”。只有预行警报，联大师生一般都是照常上课的。

跑警报大都没有准地点，漫山遍野。但人也有习惯性，跑惯了哪里，愿意上哪里。大多是找一个坟头，这样可以靠靠。昆明的坟多有碑，碑上除了刻下坟主的名讳，还刻出“× 山 × 向”，并开出坟茔的“四至”。这风俗我在别处还未见过。这大概也是一种古风。

说是漫山遍野，但也有几个比较集中的“点”。古驿道的一侧，靠近语言研究所资料馆不远，有一片马尾松林，就是一个点。这地方除了离学校近，有一片碧绿的马尾松，树下一层厚厚的干了的松毛，很软和，空气好，——马尾松挥发出很重的松脂气味，晒着从松枝间漏下的阳光，或仰面看松树上面的蓝得要滴下来的天空，都极舒适外，是因为这里还可以买到各种零吃。昆明做小买卖的，有了警报，就把担子挑到郊外来了。五味俱全，什么都有。最常见的是“丁丁糖”。“丁丁糖”即麦芽糖，也就是北京人祭灶用的关东糖，不过做成一个直径一尺多，厚可一寸许的大糖饼，放在四方的木盘上，有人掏钱要买，糖贩即用一个刨刃形的铁片楔入糖边，然后用一个小小铁锤，一击铁片，“叮”的一声，一块糖就震裂下来了，——所以叫作“丁丁糖”，其次是炒松子。昆明松子极多，个大皮薄仁饱，很香，也很便宜。我们有时能在松树下面捡到一个很大的成熟了的生的松球，就掰开鳞瓣，一颗一颗地吃起来。——那时候，我们的牙都很好，那么硬的松子壳，一嗑就开了！

另一个集中点比较远，得沿古驿道走出四五里，驿道右侧较高的土山上有一横断的山沟（大概是哪一年地震造成的），沟深约三丈，沟口有二丈多宽，沟底也宽有六七尺。这是一个很好的天然防空沟，日本飞机若是投弹，只要不是直接命中，落在沟里，即便是在沟顶上爆炸，弹片也不易蹦进来。机枪扫射也不要紧，沟的两壁是死角。这道沟可以容数百人。有人常到这里，就利用闲空，在沟壁上修了一些私人专用的防空洞，大小不等，形式不一。这些防空洞不仅表面光洁，有的还用碎石子或碎瓷片嵌出图案，缀成对联。对联大都有新意。我至今记得两副，一副是：

人生几何
恋爱三角

一副是：

见机而作
入土为安

对联的嵌缀者的闲情逸致是很可叫人佩服的。前一副也许是有感而发，后一副却是纪实。

警报有三种。预行警报大概是表示日本飞机已经起飞。拉空袭警报大概是表示日本飞机进入云南省境了，但是进云南省不一定到昆明来。等到汽笛拉了紧急警报：连续短音，这才可以肯定是朝昆明来的。空袭警报到紧急警报之间，有时要间隔很长时间，所以到了这里的人都不忙下沟，——沟里没有太阳，而且过早地像云冈石佛似的坐在洞里也很无聊，大都先在沟上看书、闲聊、打桥牌。很多人听到紧急警报还不动，因为紧急警报后日本飞机也不定准来，常常是折飞到别处去了。要一直等到看见飞机的影子了，这才一骨碌站起来，下沟，进洞。联大的学生，以及住在昆明的人，对跑警报太有经验了，从来不仓皇失措。

上举的前一副对联或许是一种泛泛的感慨，但也是有现实意义的。跑警报是谈恋爱的机会。联大同学跑警报时，成双作对的很多。空袭警报一响，男的就在新校舍的路边等着，有时还提着一袋点心吃食，宝珠梨、花生米……他等的女同学来了，“嗨！”于是欣然并肩走出新校舍的后门。跑警报说不上是同生死，共患难，但隐隐约约有那么一点危险感，和看电影、遛翠湖时不同。这一点危险感使两方的关系更加亲近了。女同学乐于有人伺候，男同学也正好殷勤照顾，表现一点骑士风度。正如孙悟空在高老庄所说：“一来医得眼好，二来又照顾了郎中，这是凑四合六的买卖。”从这点来说，跑警报是颇为罗曼蒂克的。有恋爱，就有三角，有失恋。跑警报的“对儿”并非总是固定的，有时一方被另一方“甩”了，两人“吹”了，“对儿”就要重新组合。写（姑且叫作“写”吧）那副对联的，大概就是一位被“甩”的男同学。不过，也不一定。

警报时间有时很长，长达两三个小时，也很“腻歪”。紧急警报后，日本飞机轰炸已毕，人们就轻松下来。不一会儿，“解除警报”响了：汽笛拉长音，大家就起身拍拍尘土，络绎不绝地返回市里。也有时不等解除警报，很多人就往回走：天上起了乌云，要下雨了。一下雨，日本飞机不会来。在野地里被雨淋湿，可不是事！一有雨，我们有一个同学一定是一马当先往回奔，就是前面所说那位报告预行警报的姓侯的。他奔回新校舍，到各个宿舍搜罗了很多雨伞，放在新校舍的后门外，见有女同学来，就递过一把。他怕这些女同学挨淋。这位侯同学长得五大三粗，却有一副贾宝玉的心肠。大概是上了吴雨僧先生的《红楼梦》的课，受了影响。侯兄送伞，已成定例。警报下雨，一次不落。名闻全校，贵在有恒。——这些伞，等雨住后他还会到南院女生宿舍去敛回来，再归还原主的。

跑警报，大都要把一点值钱的东西带在身边。最方便的是金子，——金戒指。有一位哲学系的研究生曾经作了这样的逻辑推理：有人带金子，必有人会丢掉金子，有人丢金子，就会有人捡到金子，我是人，故我可以捡到金子。因此，他跑警报时，特别是解除警报以后，他每次都很留心地巡视路面。他当真两次捡到过金戒指！逻辑推理有此妙用，大概是教逻辑学的金岳霖先生所未料到的。

联大师生跑警报时没有什么可带，因为身无长物，一般大都是带两本书或一册论文的草稿。有一位研究印度哲学的金先生每次跑警报总要提了一只很小的手提箱。箱子里不是什么别的东西，是一个女朋友写给他的信——情书。他把这些情书视如性命，有时也会拿出一两封来给别人看。没有什么不能看的，因为没有卿卿我我的肉麻的话，只是一个聪明女人对生活的感受，文字很俏皮，充满了英国式的机智，是一些很漂亮的Essay，字也很秀气。这些信实在是可以拿来出版的。金先生辛辛苦苦地保存了多年，现在大概也不知去向了，可惜。我看过这个女人的照片，人长得就像她写的那些信。

联大同学也有不跑警报的，据我所知，就有两人。一个是女同学，姓罗。一有警报，她就洗头。别人都走了，锅炉房的热水没人用，她可以敞开来洗，要多少水有多少水！另一个是一位广东同学，姓郑。他爱吃莲子。一有警报，他就用一个大漱口缸到锅炉火口上去煮莲子。警报解除了，他的莲子也烂了。有一次日本飞机炸了联大，昆明北院、南院，都落了炸弹，这位郑老兄听着炸弹乒乒乓乓在不远的地方爆炸，依然在新校舍大图书馆旁的锅炉上神色不动地搅和他的冰糖莲子。

抗战期间，昆明有过多少次警报，日本飞机来过多少次，无法统计。自然也死了一些人，毁了一些房屋。就我的记忆，大东门外，有一次日本飞机机枪扫射，田地里死的人较多。大西门外小树林里曾炸死了好几匹驮木柴的马。此外似无较大伤亡。警报、轰炸，并没有使人产生血肉横飞，一片焦土的印象。

日本人派飞机来轰炸昆明，其实没有什么实际的军事意义，用意不过是吓唬吓唬昆明人，施加威胁，使人产生恐惧。他们不知道中国人的心理是有很大的弹性的，不那么容易被吓得魂不附体。我们这个民族，长期以来，生于忧患，已经很“皮实”

了，对于任何猝然而来的灾难，都用一种“儒道互补”的精神对待之。这种“儒道互补”的真髓，即“不在乎”。这种“不在乎”精神，是永远征不服的。

为了反映“不在乎”，作《跑警报》。

一九八四年十二月六日

热风·随感录四十一 / 鲁迅

从一封匿名信里看见一句话，是“数麻石片”（江苏方言），大约是没有本领便不必提倡改革，不如去数石片的好的意思。因此又记起了本志通信栏内所载四川方言的“洗煤炭”[①]。想来别省方言中，相类的话还多；守着这专劝人自暴自弃的格言的人，也怕并不少。

凡中国人说一句话，做一件事，倘与传来的积习有若干抵触，须一个斤斗便告成功，才有立足的处所；而且被恭维得烙铁一般热。否则免不了标新立异的罪名，不许说话；或者竟成了大逆不道，为天地所不容。这一种人，从前本可以夷到九族，连累邻居；现在却不过是几封匿名信罢了。但意志略略薄弱的人便不免因此萎缩，不知不觉地也入了“数麻石片”党。

所以现在的中国，社会上毫无改革，学术上没有发明，美

---

①“洗煤炭”：意指一些人从事的工作没有意义，劳而无功，好比想把煤炭洗干净一样。

术上也没有创作；至于多人继续地研究，前仆后继地探险，那更不必提了。国人的事业，大抵是专谋时式[①]的成功的经营，以及对于一切的冷笑。

但冷笑的人，虽然反对改革，却又未必有保守的能力：即如文字一面，白话固然看不上眼，古文也不甚提得起笔。照他的学说，本该去“数麻石片”了；他却又不然，只是莫名其妙地冷笑。

中国的人，大抵在如此空气里成功，在如此空气里萎缩腐败，以至老死。

我想，人猿同源的学说，大约可以毫无疑义了。但我不懂，何以从前的古猴子，不都努力变人，却到现在还留着子孙，变把戏给人看。还是那时竟没有一匹想站起来学说人话呢？还是虽然有了几匹，却终被猴子社会攻击他标新立异，都咬死了；所以终于不能进化呢？

尼采式的超人，虽然太觉渺茫，但就世界现有人种的事实看来，却可以确信将来总有尤为高尚尤近圆满的人类出现。到那时候，类人猿上面，怕要添出“类猿人”这一个名词。

所以我时常害怕，愿中国青年都摆脱冷气，只是向上走，不必听自暴自弃者之流的话。能做事的做事，能发声的发声。

---

① 时式：意即眼前的、一时的。

有一分热，发一分光，就令萤火一般，也可以在黑暗里发一点光，不必等候炬火。

此后如竟没有炬火：我便是唯一的光。倘若有了炬火，出了太阳，我们自然心悦诚服地消失。不但毫无不平，而且还要随喜[①]赞美这炬火或太阳；因为他照了人类，连我都在内。

我又愿中国青年都只是向上走，不必理会这冷笑和暗箭。尼采说："真的，人是一个浊流。"应该是海了，能容这浊流使他干净。

"咄，我教你们超人：这便是海，在他这里，能容下你们的大侮蔑。"（《札拉图如是说》的《序言》第三节）

纵令不过一洼浅水，也可以学学大海；横竖都是水，可以相通。几粒石子，任他们暗地里掷来；几滴秽水，任他们从背后泼来就是了。

这还算不到"大侮蔑"——因为大侮蔑也须有胆力。

---

① 随喜：佛家语，意思是随着别人做善事，见别人获得成果而高兴。

途中 / 梁遇春

今天是个潇洒的秋天，飘着零雨，我坐在电车里，看到沿途店里的伙计们差不多都是懒洋洋地在那里谈天，看报，喝茶——喝茶的尤其多，因为今天实在有点冷起来了。还有些只是倚着柜头，望望天色。总之纷纷扰扰的十里洋场顿然现出闲暇悠然的气概，高楼大厦的商店好像都化作三间两舍的隐庐，里面那班平常替老板挣钱，向主顾陪笑的伙计们也居然感到了生活余裕的乐处，正在拉闲扯散地过日，仿佛全是古之隐君子了。路上的行人也只是稀稀的几个，连坐在电车里面上银行去办事的洋鬼子们也燃着烟斗，无聊赖地看报上的广告，平时的燥气全消，这大概是那件雨衣的效力吧！到了北站，换上去西乡的公共汽车，雨中的秋之田野是别有一种风味的。外面的蒙蒙细雨是看不见的，看得见的只是车窗上不断地来临的小雨点同河面上错杂得可喜的纤纤雨脚。此外还有粉般的小雨点从破了的玻璃窗进来，栖止在我的脸上。我虽然有些寒战，但是受了雨水的洗礼，精神变成格外地清醒。已撄世网，醉生梦死久矣的我真不容易有这么清醒，这么气爽。再看外面的景色，既没有像春天那娇艳得使人们感到它的不能久留，也不像冬天那样树枯草死，好似世界是快毁灭了，却只是静默默地，一层轻轻的雨雾若隐若现地盖着，把大地美化了许多，我不禁微吟着乡前辈姜白石的诗句，真是“人生难得秋前雨”。忽然想到今天早上她皱着眉头说道：“这样凄风苦雨的天气，你也得跑那么远的路程，这真可厌呀！”我暗暗地微笑。她哪里晓得我正在凭窗赏玩沿途的风光呢？她或者以为我现在必定是哭丧着脸，像个到刑场的死囚，万不会想到我正流连着这叶尚未凋，草已添黄的秋景。同情是难得的，就是错误的同情也是无妨，所以我就让她老是这样可怜着我的仆仆风尘吧；并且有时我有什么逆意的事情，脸上露出不豫的颜色，可以借路中的辛苦来遮掩，免得她一再追究，最后说出真话，使她平添了无数的愁绪。

其实我是个最喜欢在十丈红尘里奔走道路的人。我现在每天在路上的时间差不多总在两点钟以上，这是已经有好几月了，我却一点也不生厌，天天走上电车，老是好像开始蜜月旅行一样。电车上和道路上的人们彼此多半是不相识的，所以大家都不大拿出假面孔来，比不得讲堂里，宴会上，衙门里的人们那样彼此拼命地一味敷衍。公园，影戏院，游戏场，馆子里面的来客个个都是眉开眼笑的，最少也装出那么样子，墓地，法庭，医院，药店的主顾全是眉头皱了几十纹的，这两下都未免太单调了，使我们感到人世的平庸无味。车子里面和路上的人们却具有万般色相，你坐在车里，只要你睁大眼睛不停地观察了三十分钟，你差不多可以在所见的人们脸上看出人世一切的苦乐感觉同人心的种种情调。你坐在位子上默默地鉴赏，同车的客人们老实地让你从他们的形色举止上去推测他们的生平同当下的心境，外面的行人一一现你眼前，你尽可恣意瞧着，他们并不会晓得，而且他们是这么不断地接连走过，你很可以拿他们来彼此比较，这种普通人的行列的确是比什么赛会都有趣得多，路上源源不绝的行人可说是上帝设计的赛会，当然胜过了我们佳节时红红绿绿的玩意儿了。并且在路途中我们的心境是最宜于静观的，最能吸收外界的刺激的。我们通常总是有事干，正经事也好，歪事也好，我们的注意免不了特别集中在一点上，只有路途中，尤其走熟了的长路，在未到目的地以前，我们的方寸是悠然的，不专注于一物，却是无所不留神的，在匆匆忙忙的一生里，我们此时才得好好地看一看人生的真况。所以无论从哪一方面说起，途中是认识人生最方便的地方。车中，船上同人行道可说是人生博览会的三张入场券，可惜许多人把它们当作废纸，空走了一生的路。我们有一句古话："读万卷书，行万里路。"所谓行万里路自然是指走遍名山大川，通都大邑，但是我觉换一个解释也是可以。一条的路你来往走了几万遍，凑成了万里这个数目，只要你真用了你的眼睛，你就可以算是懂得人生的人了。俗语说道："秀才不出门，能知天下事。"我们不幸未得入泮[1]，只好多走些路，来见见世面吧！对于人生有了清澈的观照，世上的荣辱祸福不足以扰乱内心的恬静，我们的心灵因此可以获到永久的自由，可见个个的路都是到自由的路，并不限于罗素先生所钦定的；所怕的就是面壁参禅，目不窥路的人们，他们自甘沦落，不肯上路，的确是无法可办。读书是间接地去了解人生，走路是直接地去了解人生，一落言诠，便非真谛，所以我觉得万卷书可以搁开不念，万里路非放步走去不可。

了解自然，便是非走路不可。但是我觉得有意的旅行倒不如通常的走路那样能与自然更见亲密。旅行的人们心中只惦着他的目的地，精神是紧张的。实在不宜于裕然地接受自然的美景。并且天下的风光是活的，并不拘于一谷一溪，一洞一岩，旅行的人们所看的却多半是这些名闻四海的死景，人人莫名其妙地照例赞美的胜地。旅行的人们也只得依样葫芦一番，做了万古不移的传统的奴隶。这又何苦呢？并且只有自己发现出的美景对着我们才会有贴心的亲切感觉，才会感动了整个心灵，而这些好景却大抵是得之偶然的，绝不能强求。所以有时因公

---

① 旧时考中秀才为"入泮"。泮官，古代的学府。

外出，在火车中所瞥见的田舍风光会深印在我们的心坎里，而花了盘川，告了病假去赏玩的名胜倒只是如烟如雾地浮动在记忆的海里。今年的春天同秋天，我都去了一趟杭州，每天不是坐在划子里听着舟子的调度，就是跑山，恭敬地聆着车夫的命令，一本薄薄的指南隐隐地含有无上的威权，等到把所谓胜景一一领略过了，重上火车，我的心好似去了重担。当我再继续过着我通常的机械生活，天天自由地东瞧西看，再也不怕受了舟子，车夫，游侣的责备，再也没有什么应该非看不可的东西，我真快乐得几乎发狂。西泠的景色自然是渐渐消失得无影无迹，可惜消失得太慢，起先还做了我几个噩梦的背境。当我梦到无私的车夫，带我走着崎岖难行的宝石山或者光滑不能驻足的往龙井的石路，不管我怎样求免，总是要迫我去看烟霞洞的烟霞同龙井的龙角。谢谢上帝，西湖已经不再浮现在我的梦中了。而我生平所最赏心的许多美景是从到西乡的公共汽车的玻璃窗得来的。我坐在车里，任它一上一下，一左一右地跳荡，看着老看不完的十八世纪长篇小说，有时闭着书随便望一望外面天气，忽然觉得青翠迎人，遍地散着香花，晴天现出不可描摹的蓝色。我顿然感到春天已到大地，这时我真是神魂飞在九霄云外了。再去细看一下，好景早已过去，剩下的是闸北污秽的街道，明天再走到原地，一切虽然仍旧，总觉得有所不足，与昨天是不同的，于是乎那天的景色永留在我的心里。甜蜜的东西看得太久了也会厌烦，真真的好景都该这样一瞬即逝，永不重来。婚姻制度的最大毛病也就是在于日夕聚首：将一切好处都因为太熟而化成坏处了。此外在热狂的夏天，风雪载途的冬季我也常常出乎意料地获到不可名言的妙境，滋润着我的心田。会心不远，真是陆放翁所谓的“何处楼台无月明”。自己培养有一个易感的心境，那么走路的确是了解自然的捷径。

“行”不单是可以使我们清澈地了解人生同自然，它自身又是带有诗意的，最浪漫不过的。雨雪霏霏，杨柳依依，这些境界只有行人才有福享受的。许多奇情逸事也都是靠着几个人的漫游而产生的。《西游记》《镜花缘》《老残游记》，Cervantes（塞万提斯，西班牙小说家）的《堂吉诃德先生》（*Don Quixote*），Swift（斯威夫特，英国文学家）的《海外轩渠录》（*Gulliver's Travels*），Bunyan（班扬，英国作家）的《天路历程》（*Pilgrim's Progress*），Cowper（科伯，英国诗人）的《痴汉骑马歌》（*John Gilpin*），Dickens（狄更斯）的 *Pickwick Papers*，Byron（拜伦，英国诗人）的 *Childe Harold's Pilgrimage*，Fielding（菲尔丁，英国小说家）的 *Joseph Andrews*，Gogols（果戈里）的 *Dead Souls* 等不可一世的杰作没有一个不是以“行”为骨子的，所说的全是途中的一切，我觉得文学的浪漫题材在爱情以外，就要数到“行”了。陆放翁是个豪爽不羁的诗人，而他最出色的杰作却是那些纪行的七言。我们随便抄下两首，来代我们说出“行”的浪漫性吧！

剑南道中遇微雨

衣上征尘杂酒痕，远游无处不销魂。
此身合是诗人未？细雨骑驴入剑门。

南定楼遇急雨

行遍梁州到益州，今年又作度泸游，江山重复争供眼，风雨纵横乱入楼。人语朱离逢峒獠，棹歌欸乃下吴舟，天涯住稳归心懒，登览茫然却欲愁。

因为“行”是这么会勾起含有诗意的情绪的，所以我们从“行”可以得到极愉快的精神快乐，因此“行”是解闷消愁的最好法子，将濒自杀的失恋人常常能够从漫游得到安慰，我们有时心境染了凄迷的色调，散步一下，也可以解去不少的忧愁。Hawthorne（霍桑，美国作家）同 Edgar Allan Poe（爱伦·坡，美国作家）最爱描状一个心里感到空虚的悲哀的人不停地在城里的各条街道上回复地走了又走，以冀对于心灵的饥饿能够暂时忘却。Dostoivsky（陀思妥耶夫斯基）的《罪与罚》里面的 Raskolinkov 犯了杀人罪之后，也是无目的到处乱走，仿佛走了一下，会减轻了他心中的重压。甚至于有些人对于“行”具有绝大的趣味，把别的趣味一齐压下了，Stevenson（斯蒂文生，英国小说家）的《流浪汉之歌》就表现出这样的一个人物，他在最后一段里说道：“财富我不要，希望，爱情，知己的朋友，我也不要；我所要的只是上面的青天同脚下的道路。”

Wealth I ask not，hope nor love，
Nor a friend to know me；
All I ask，the heaven above
And the road below me.

Walt Whitman （惠特曼，美国诗人）也是一个歌颂行路的诗人，他的《大路之歌》真是“行”的绝妙赞美诗，我就引他开头的雄浑诗句来做这段的结束吧！

Afoot and light-hearted to the open road，
Healthy，free，the world before me，
The long brown path before me leading wherever I choose.

我们从摇篮到坟墓也不过是一条道路，当我们正寝以前，

我们可说是老在途中。途中自然有许多的苦辛，然而四围的风光和同路的旅人都是极有趣的，值得我们跋涉这程路来细细鉴赏，除开这条悠长的道路外，我们并没有别的目的地，走完了这段征程，我们也走出了这个世界，重回到起点的地方了。科学家说我们就归于毁灭了，再也不能重走上这段路途。主张灵魂不灭的人们以为来日方长，这条路我们还能够一再重走了几千万遍。将来的事，谁去管它，也许这条路有一天也归于毁灭。我们还是今天有路今天走吧，最要紧的是不要闭着眼睛，朦朦一生，始终没有看到了世界。

十八年十一月五日

八十述怀 / 季羡林

我从来没有想到，我能活到八十岁；如今竟然活到了八十岁，然而又一点也没有八十岁的感觉。岂非咄咄怪事！

我向无大志，包括自己活的年龄在内。我的父母都没有活过五十；因此，我自己的原定计划是活到五十。这样已经超过了父母，很不错了。不知怎么一来，宛如一场春梦，我活到了五十岁。那时正值所谓三年自然灾害。我流年不利，颇挨了一阵子饿。但是，我是“曾经沧海难为水”，在二次世界大战时，我正在德国，我经受了而今难以想象的饥饿的考验，以致失去了饱的感觉。我们那一点灾害，同德国比起来，真如小巫见大巫；我从而顺利地度过了那一场灾难，而且我当时的精神面貌是我一生最好的时期，一点苦也没有感觉到，于不知不觉中冲破了我原定的年龄计划，度过了五十岁大关。

五十一过，又仿佛一场春梦似的，一下子就到了古稀之年，不容我反思，不容我踟躕。我现在不知道应当感谢哪一路神灵：

佛祖、上帝、安拉；由于一个万分偶然的机缘，我没有走上绝路，活下来了。活下来了，我不但没有感到特别高兴，反而时有悔愧之感在咬我的心。活下来了，也许还是有点好处的。我一生写作翻译的高潮，恰恰出现在这个期间。原因并不神秘：我获得了余裕和时间。二百多万字的印度大史诗《罗摩衍那》，就是在这时候译完的。“雪夜闭门写禁文”，自谓此乐不减羲皇上人。

又仿佛是一场缥缈的春梦，一下子就活到了今天，行年八十矣，是古人称之为耄耋之年了。倒退二三十年，我这个在寿命上胸无大志的人，偶尔也想到耄耋之年的情况：手拄拐杖，白须飘胸，步履维艰，老态龙钟。自谓这种事情与自己无关，所以想得不深也不多。哪里知道，自己今天就到了这个年龄了。今天是新年元旦。从夜里零时起，自己已是不折不扣的八十老翁了。然而这老景却真如古人诗中所说的“青霭入看无”，我看不到什么老景。看一看自己的身体，平平常常，同过去一样。看一看周围的环境，平平常常，同过去一样。金色的朝阳从窗子里流了进来，平平常常，同过去一样。楼前的白杨，确实粗了一点，但看上去也是平平常常，同过去一样。时令正是冬天，叶子落尽了，但是我相信，它们正蜷缩在土里，做着春天的梦。水塘里的荷花只剩下残叶，“留得残荷听雨声”，现在雨没有了，上面只有白皑皑的残雪。我相信，荷花们也蜷缩在淤泥中，做着春天的梦。总之，我还是我，依然故我；周围的一切也依然是过去的一切……

我是不是也在做着春天的梦呢？我想，是的。我现在也处在严寒中，我也梦着春天的到来。我相信英国诗人雪莱的两句话：“既然冬天已经到了，春天还会远吗？”我梦着楼前的白杨重新长出了浓密的绿叶；我梦着池塘里的荷花重新冒出了淡绿的大叶子；我梦着春天又回到了大地上。

可是我万万没有想到，八十这个数目字竟有这样大的威力，一种神秘的威力。“自己已经八十岁了！”我吃惊地暗自思忖。它逼迫着我向前看一看，又回头看一看。向前看，灰蒙蒙的一团，路不清楚，但也不是很长。确实没有什么好看的地方。不看也罢。

而回头看呢，则在灰蒙蒙的一团中，清晰地看到了一条路，路极长，是我一步一步地走过来的，这条路的顶端是在清平县的官庄。我看到了一片灰黄的土房，中间闪着苇塘里的水光，还有我大奶奶和母亲的面影。这条路延伸出去，我看到了泉城的大明湖。这条路又延伸出去，我看到了水木清华，接着又看到德国小城哥廷根斑斓的秋色，上面飘动着我那母亲似的女房东和祖父似的老教授的面影。路陡然又从万里之外折回到神州大地，我看到了红楼，看到了燕园的湖光塔影。再看下去，路就缩住了，一直缩到我的脚下。

在这一条十分漫长的路上，我走过阳关大道，也走过独木小桥。路旁有深山大泽，也有平坡宜人；有杏花春雨，也有塞北秋风；有山重水复，也有柳暗花明；有迷途知返，也有绝处逢生。路太长了，时间太长了，影子太多了，回忆太重了。我真正感觉到，我负担不了，也忍受不了，我想摆脱掉这一切，还我一个自由自在身。

回头看既然这样沉重，能不能向前看呢？我上面已经说到，向前看，路不是很长，没有什么好看的地方。我现在正像鲁迅的散文诗《过客》中的那一个过客。他不知道是从什么地方走来的，终于走到了老翁和小女孩的土屋前面，讨了点水喝。老翁看他已经疲惫不堪，劝他休息一下。他说："从我还能记得的时候起，我就在这么走，要走到一个地方去，这地方就在前面。我单记得走了许多路，现在来到这里了。我接着就要走向那边去……况且还有声音在前面催促我，叫唤我，使我息不下。"那边，西边是什么地方呢？老人说："前面，是坟。"小女孩说："不，不，不的。那里有许多许多野百合，野蔷薇，我常常去玩，去看他们的。"

我理解这个过客的心情，我自己也是一个过客。但是却从来没有什么声音催着我走，而是同世界上任何人一样，我是非走不行的，不用催促，也是非走不行的。走到什么地方去呢？走到西边的坟那里，这是一切人的归宿。我记得屠格涅夫的一首散文诗里，也讲了这个意思。我并不怕坟，只是在走了这么长的路以后，我真想停下来休息片刻。然而我不能，不管你愿意不愿意，反正是非走不行。聊以自慰的是，我同那个老翁还不一样，有的地方颇像那个小女孩，我既看到了坟，也看到野百合和野蔷薇。

我面前还有多少路呢？我说不出，也没有仔细想过。冯友兰先生说："何止于米？相期以茶。""米"是八十八岁，"茶"是一百零八岁。我没有这样的雄心壮志，我是"相期以米"。这算不算是立大志呢？我是没有大志的人，我觉得这已经算是大志了。

我从前对穷通寿夭也是颇有一些想法的。后来，我成了陶渊明的志同道合者。他的一首诗，我很欣赏：

纵浪大化中，
不喜亦不惧。
应尽便须尽，
无复独多虑。

我现在就是抱着这种精神，昂然走上前去。只要有可能，我一定做一些对别人有益的事，绝不想成为行尸走肉。我知道，未来的路也不会比过去的更笔直，更平坦。但是我并不恐惧。我眼前还闪动着野百合和野蔷薇的影子。

一九九一年一月一日

窗 / 靳以

在记忆中，窗应该是灵魂上辉耀的点缀。可是当我幼年的时节，像是有些不同，我们当然不是生活在无窗的暗室里，那窗口也大着呢，但是隔着铁栏，在铁栏之外还是木条钉起扇样的护窗板，不但挡住大野的景物，连太阳也遮住了。那时我们正在一个学校里读书，真是像监牢一般地把我们关在里边，顽皮的孩子只有蹲在地上仰起头来才看到外边——那不过是一线青天而已！那时我们那么高兴地听着窗外的市声，甚至还回答窗外人的语言；可是那无情的木板挡住了一切，我们既看不出去，别人也看不进来。

就是在这情形之下，我们长着长着……

当我们走出来的时候，五光十色使我们的眼睛晕眩了，一时张不开来，胆小的便又逃避般地跳回那间木屋里，情愿把自己关在那一无所见的陋室中；可是我们这些野生野长的孩子们，就做了一名勇敢的闯入者，终于冲到纷杂的人世中去了，凭着那股勇气，不顾一己的伤痛，毕竟能看了，能听了，也能说了。于是当我们再踱入那无窗的，遮住了窗的屋子里，我们就感觉到死一般的窒闷。

最使我喜悦的当然是能耸立在高高的山顶，极目四望，那山啊河啊的无非是小丘和细流，一切都收入眼底；整个的心胸全都敞开了，也还不能收容那广阔的天地。一声高啸，树叶的海都为那声音轻轻推动，刹时间，云涌雾滚，自己整个消失在白茫茫之中了，可是我并不慌张，还清楚地知道，仍是挺拔地站在峭峰之上。

可是现实生活却把我们安排在蠢蠢的人世里，我们不能超俗拔尘地活在云端，我们也只好是那些蠕动着的人类之一，即使不想去触犯别人，别人也要来挤你的。用眼睛相瞪，用鼻子相哼，用嘴相斥——几乎都要到了用嘴相咬的地步了。

于是当我过了烦恼的一日，便走回我的房子，这时，一切该安静下来，为着从窗口泻进来的一片月光，我不忍开灯，便静静地坐到窗前，看看远近的山树，还有那日夜湍流的白花花的江水，若是一个无月夜呢，星星像智慧的种子，每一颗都向我闪着，好像都要跃入我灵魂的深处，我很忙碌地把它们迎入我的心胸。

每一个早晨，当我被梦烦苦够了，才一醒来，就伸手推开当头的窗，一股清新的气流随即淌进来了。于是我用手臂支着头，看出去，看到那被露水洗过的翠绿的叶子，还有那垂在叶尖的滚圆的水珠，鸣啭的鸟雀不但穿碎了那片阳光，还把水珠撞击下来，纷纷如雨似的落下去呢！也许有一只莽撞的鸟，从那不曾关闭的窗口飞了进来，于是带来那份自然的生气，它在我那屋顶上圜飞，终于有点慌张了，几次碰到壁角或是粉顶上，我虽然很为它担一份心，可是我也不能指引它一条路再回到那大自然的天地中。我的眼和心也为它匆忙着，它还有那份智巧，朝着流泻光亮的所在飞去，于是它又穿行在蓝天绿树的中间了。我再听不到那急促的鸣叫，有的是那高啭低鸣的万千种鸟的声音，我那么欢喜听，可是我看不见，我只知道少数的几种名字。还有那糅合了多少种的花草的香气，也尽自从窗口涌流进来，是的，我不能再那么懒睡在床上了，我霍地跳起来，也投身到窗外自由的世界中！

我知道人类是怎样爱好自然，爱好自由的天地，我还记得，当着病痛使我不得不把自己交给医生的时候，我像一只羊似的半躺在手术台上，更大的疼痛使我忘记我的病痛了，额间的汗珠不断地涨起来，左手抓着右手，我闭紧嘴，我听到刀剪在我的皮肉上剪割的声音，我那半呆的眼，却定定地望着迎面的大窗，花开了，叶子也绿了，白云无羁绊地飘着。“唉唉，”我心里叫着，“我为什么不是那只在枝上跳跃的小鸟呢？那我就不必受这些苦痛了！”

我渐渐也懂得那些被囚禁的信徒们的心，看到从那高高的窗口透进的一柱阳光，便合掌跪在地上，虔诚地以为那就是救主的灵应，大神的光辉，好像那受难的灵魂，便由此而得救似的。是的，他们已经被残暴的罗马君主拘捕了，把一些不该得的罪名全都堆在他们的身上，他们中的一些，早被丢给那凶猛的狮虎，他们只是生活在黑暗潮湿之中，忍住啜泣，泪淌到自己的心里，忽然那光降临了，也许突然间使他们睁不开眼，可是那只是刹那间的事，那是光啊，那是不死的希望啊，那是万能的上帝啊，于是他们自然而然地画着十字跪下去了，求神来接受他们那些纯洁的灵魂吧，他们深知，那被照亮了的灵魂，该永远也不会走上歧途，纵然他们明天也要追随他们同伴的路，丢给那些野兽，或是再加以更惨酷的刑罚，可是他们已经没有畏惧了，他们已经得到整个的拯救。他们把幸福交付给未来，他们眼睛一直望着遥远的所在，追随着光明向远飞去。

可是我并不曾得到拯救，我只有一颗不安定的心。我为每日的工作把背坐弯了，眼看花了，可是我还是在不安宁之中。当我抬起头来，我却得着解放。迎着我的那窗口仿佛是一个自然的镜框，于是我长长的吁了一口气，我的心又舒展开了。我的眼又明亮起来。我把窗外的景物装在我自然的镜框中。我摇动我的头部，因为我具有一份匠心，想把最好的景物装在那中间。我知道蓝天不该太多，也不能都被山撑满，绿色固然象征青春，可是一派树木也显得非常单调，终于我不得不站起来，于是蜿蜒的公路和日夜湍流的江也收在眼底了。我好好安排，在那黑暗的屋顶的上面有轻盈的炊烟，在那一片绿树之中，虽然没有花朵的点缀，却有经霜的乌桕；呆板的大山，却被一抹梦幻般的云雾拦腰围住，江水碧了，正好这时候没有汽车飞驰，公路只是沉静地躺在那里，夕阳又把这些景物罩上一层金光，使它更柔和，更幽美……我更看到了，在那小桥的边上，还有一株早开的桃花，这还是冬天呢，想不到温暖的风却吹绽了一树红桃。

跟着我像有所触悟似的打了一个寒战，我就急遽地摇去了那株桃花，因为我分明记得，在一个寒冷的早晨，我看到一些人埋葬他们冻死的同伴，就是在那株树下，他们挖了一个坑，那三个死去的人，竟完全和他们来到这个世界的时候一样，精光光的，被丢到那个坟里去了。没有一滴眼泪，没有一声叹息，那正是一个极冷的天，严霜把屋顶盖白了，树木变成淡绿的颜色，江水好像油一般地凝住了，芭蕉已经转成枯黑，死沉沉地垂萎下来！……

如今，水绿了，活泼地流着，枯死的芭蕉又冒出尖细的长叶，那些被埋在地下的人，却使那棵树早着了无数朵红花！想象着它也该早结成累累的果实，饱孕着血一般的汁液的果实，我不忍吃，我也不忍看，我已经急遽地把它抛在我那自然的镜框之外了。

可是现在，我那自然的镜框只有一片黑暗，因为这正是夜晚，我已经伏案许久了，跳动的灯火使我的眼睛酸痛，我就放下笔，推开了窗，正是月半。该有一幅清明的夜景，不料乌云障住了整个的天，凡是发光的全都隐晦了，我万分失望，不愉快地摇着头，当我的头偏过去，我突然看到在那不注意的高角上，有一点红红的野火，那是烧在山顶上，却也映在水面。红茸茸的一团，高高地顶在峰尖，它好像不是摧毁万物的火，也不是博得美人一笑而使诸侯愤怒的火，也不是使罗马城化成灰烬，而引起暴君尼罗王的诗兴的火；它是那个普洛米修士从大神宙斯那里偷来送给人间的，它是那把光明洒给大地的火。

我尽顾书写，当我抬起头来，那火已经好像点在岭巅的一排明灯，使黑暗的天地顿时辉耀起来了。

一九四二年二月二日

马蹄 / 李广田

我不知为什么骑上了一匹黑马，更不知要骑到什么地方，只知道我要登山，我正登山，而山是一直高耸，耸入云际，仿佛永不能达到绝顶。而我的意思又仿佛是要越过绝顶，再达到山的背面，山背面该是有人在那里等待我，我也不知道那人是谁，更不知道那人是什么样子。

我策马，我屏息，我知道我的背上插一面大旗，也知道旗上有几个大字，却永不曾明白那几个字是什么意义。我听得我的旗子随着马蹄声霍霍作响。我的马也屏息着，好像深知道它的负载的重量。

夜已深了，我看不见山路，却只见迎面都是高山，山与天连。仰面看天上的星星，乃如镶嵌在山头，并做了山的夜眼。啊，奇迹！我终于发现我意料之外的奇迹了：我的马飞快地在山上升腾，马蹄铁霍霍地击着黑色岩石。随着霍霍的蹄声，乃有无数的金星飞迸。

于是我乃恍然大悟，我知道我这次夜骑的目的了，我是为了发现这奇迹而来的，我看见马蹄的火花，我有无上的快乐。我的眼睛里也迸出火花，我的心血急剧地沸腾。然而我却非常镇静，因为夜是暗黑而死寂的，我必须防着惊醒每一棵草上的露珠，和每一棵树枝上的叶尖，我也不愿让任何精灵来窥探我的发现。这时，天上的星星都变得暗淡了，我简直把它们忘记了，我的呼吸只能跟着马蹄的节拍——这也是夜的进行的节拍。而我的眼睛中就只看见马蹄铁与黑色岩石所击出的星光——天上的星星都陨落了，我脚下的星星却飞散着。我别无所求，我只在黑暗中策骑登山，而我的快乐，就只在看马蹄下的金火。

我乃有意识地祝祷夜的永恒，并诅咒平原的坦荡，因为我的奇迹是只在黑暗的深山中才会发现，而我的马呢，它会为平原的道路所困死，我的旗帜也将为平原的和风所摧折。

萤 / 靳以

郁闷的无月夜，不知名的花的香更浓了，炎热也愈难耐了；千千万万的萤火在黑暗的海中漂浮着。那像亮在泡沫的尖顶上的一点雪白的水花，也像是照映在海面上群星的身影。我仰起头来，天上果真就嵌满了星星，都在闪着，星是天间的萤的身影呢，还是萤是地上的星的身影？但是它们都发着光，虽然很微细，却也为夜行人照亮眼前的路。路是很平坦，入了夜，该是毒物的世界，不是曾经看见过一尾赤练蛇横在路的中央么？它不一定要等待人们去侵犯它才张口来咬的，它就是等在那里，遇到什么生物也不放过，它是依靠吞噬他人的生命才得生存的。

可是萤却高高低低浮在空中，不但为人照亮了路边的深坑，也为人照出偃卧的毒蛇，使过路人知所趋避。群星在天上，也用忧愁而关心的眼睛望着，它自知是发光的，就更把眼睁大了（因为疲倦，所以不得不一眨一眨的），它恨不得大声喊出来，告诉人们：“在地上，夜是精灵的世界，回到你们的家中去吧，等待太阳出来再继续你们的行程。”可是它没有声音，因为风静止着，森林也只得守着他们的沉默。田间的水流，也因为干涸，停止它们的潺潺了。在地上，在黯黑的夜里，只有蛙发着噪聒的鸣叫，那是使人觉得郁热更其难耐，黑夜更其无边的。守在路中的蛇也在嘶嘶地叫着，怕也因为没有猎取物而感到不耐吧？它也许意识到萤火对它是不利的，便高昂起头来，想用那吞吐的毒舌吸取一只两只；可是可爱的萤火，早自飞到高处去了。向上看，那毒蛇才又看到天上闪烁着那么多发光的眼睛，一切光，原来都是使人类幸福的，它就不得不颓然又垂下头，扭着那斑驳的身躯，不情愿地回到自己的洞穴中去了。

那成千成万的萤火虫，却一直愉快地飘着，向上飞在高空中，它的光显得细弱了，它还是落到地上来。落在树枝上，使人们看到肥大的绿叶间还有一丛丛的花朵，那香气该是它们发散出来的吧？落在路边的草上，映出那细瘦的叶尖，和那上面栖息着的一只小甲虫；落在老人的胡须上，孩子更会稚气地叫着：“看，胡子像烟斗似的烧起来了，一亮一亮的。”落在骄傲的孩子的发际，她就便得意地说：“看我的头上簪了星星！”

它们就是这样成夜地忙碌着，在黯黑的世界中穿行；当着太阳的光重复来到大地，它们就和天际的星星互相道着辛苦隐下去了，等待暗夜复来的时候再为人类献出它们微弱的光辉。

玫瑰的刺 / 庐隐

当然一个对于世界看得像剧景般的人，他最大的努力就是怎样使这剧景来得丰富与多变化，想使他安于任何一件事，或一个地方，都有些勉强。我的不安于现在，可说是从娘胎里带来的，而且无时无刻不想把这种个性表现在各种生活上，——我从小就喜欢飘萍浪迹般的生活，无论在什么地方住上半年就觉得发腻，总得想法子换个地方才好，当我中学毕业时虽然还只有十多岁的年龄，而我已开始撇开温和安适的家庭去过那流浪的生活了。记得每次辞别母亲和家人，独自提着简单的行李奔那茫茫的旅途时，她们是那样的觉得惘然惜别，而我呢，满心充塞着接受新刺激的兴奋，同时并存着一肩行李两袖清风，来去飘然的情怀。所以在一年之中我至少总想换一两个地方——除非是万不得已时才不。

但人间究竟太少如意事，我虽然这样喜欢变化而在过去的三四年中，我为了生活的压迫，曾经俯首贴耳在古城中度过。

这三四年的生活，说来太惨，除了吃白粉条，改墨卷，做留声机器以外，没有更新鲜的事了。并且天天如是，月月如是，年年如是。唉！在这种极度的沉闷中，我真耐不住了。于是决心闯开藩篱，打破羁勒，还我天马行空的本色，狭小的人间世界，我不但不留意了，也再不为它的职权所屈服了。所以在过去的一年中，我是浪迹湖海——看过太平洋的汹涛怒浪，走过繁嚣拥挤的东京，流连过西湖的绿漪清波。这些地方以西湖最合我散荡的脾味，所以毫不勉强地在那里住了七个多月，可惜我还是不能就那样安适下去，就是这七个月中我也曾搬了两次家。

第一次住在湖滨——那里的房屋是上海式的鸽子笼，而一般人或美其名叫洋房。我们初搬到洋房时，站在临湖的窗前，看着湖中的烟波，山上的云霞，曾感到神奇变化的趣味，等到三个月住下来，顿觉得湖山无色，烟波平常，一切一切都只是那样简单沉闷，这个使我立刻想到逃亡。后来花了两天工夫，跑遍沿湖的地方，最终在一条大街的弄堂里，发现了一所颇为幽静的洋房；这地方很使我满意，房前有一片苍翠如玉的桑田，桑田背后漾着一湾流水。

这水环绕着几亩禾麦离离的麦畦；在热闹的城市中，竟能物色到这种类似村野的地方：早听鸡鸣，夜闻犬吠，使人不禁有世外桃源之想。况且进了那所房子的大门，就看见翠森森一片竹林，在微风里摇掩作态；五色缤纷的指甲花，美人蕉，金针菜，和牵牛，木槿都历历落落布满园中；在万花丛里有一条三合土的马路，路旁种了十余株的葡萄，路尽头便是那又宽敞又整洁的回廊。那地方有八间整齐的洋房，绿阴阴的窗纱，映了竹林的青碧，顿觉清凉爽快。这确是我几年来过烦了死板和繁嚣的生活，而想找得的一个休息灵魂的所在。尤其使我高兴的是门额上书着“吾庐”两个字；高人雅士原不敢希冀，但有了正切合我脾味的这个所在，谁管得着是你的“吾庐”，或他的“吾庐”？暂时不妨算是我的“吾庐”，我就暂且隐居在这里，何尝不算幸运呢？

在“吾庐”也仅仅住了一个多月，而在这一个多月中，曾有不少值得记忆的片段，这些片段正像是长在美丽芬芳的玫瑰树上的刺，当然有些使接触到它的人们，感到微微的痛楚呢！

图书在版编目（CIP）数据

你所热爱的，就是你的生活 / 丰子恺等著 . -- 北京：中国致公出版社，2021（2022.3 重印）

ISBN 978-7-5145-1739-2

Ⅰ . ①你… Ⅱ . ①丰… Ⅲ . ①散文集 – 中国 – 当代 Ⅳ . ① I267

中国版本图书馆 CIP 数据核字（2020）第 270015 号

你所热爱的，就是你的生活 / 丰子恺 等著

出　　版 中国致公出版社
（北京市朝阳区八里庄西里 100 号住邦 2000 大厦 1 号楼西区 21 层）
发　　行 中国致公出版社（010-66121708）
责任编辑 丁琪德
策划编辑 赵荣颖　赵九州
封面设计 @ 刘哲_NewJoy
印　　刷 天津光之彩印刷有限公司
版　　次 2021 年 4 月第 1 版
印　　次 2022 年 3 月第 2 次印刷
开　　本 880mm × 1230mm　1 / 32
印　　张 8
字　　数 160 千字
书　　号 ISBN 978-7-5145-1739-2
定　　价 45.00 元
